陈斐 主编

小说纂要

蒋祖怡 编著
李小龙 整理

华夏出版社

图书在版编目（CIP）数据

小说纂要 / 蒋祖怡编著；李小龙整理. -- 北京：华夏出版社有限公司，2025.9
（国学通识 / 陈斐主编）
ISBN 978-7-5222-0666-0

Ⅰ.①小… Ⅱ.①蒋… ②李… Ⅲ.①古典小说－小说研究－中国 Ⅳ.① I207.41

中国国家版本馆 CIP 数据核字（2024）第 028036 号

小说纂要

编 著 者	蒋祖怡
整 理 者	李小龙
责任编辑	王　敏
责任印制	周　然

出版发行	华夏出版社有限公司
经　　销	新华书店
印　　装	三河市万龙印装有限公司
版　　次	2025 年 9 月北京第 1 版 2025 年 9 月北京第 1 次印刷
开　　本	880×1230　1/32
印　　张	8.25
字　　数	151 千字
定　　价	59.00 元

华夏出版社有限公司　地址：北京市东直门外香河园北里 4 号　邮编：100028
网址：www.hxph.com.cn　电话：(010) 64663331（转）

若发现本版图书有印装质量问题，请与我社营销中心联系调换。

总序

近期,人工智能和自动化技术迅猛发展,ChatGPT(聊天机器人)横空出世,除了能与人对话交流外,甚至能完成回复邮件、撰写论文、进行翻译、编写代码、根据文案生成视频或图片等任务。这对人类社会的震撼,无异于引爆了一颗"精神核弹":人们在享受和憧憬更加便捷生活的同时,也产生了失业的恐慌和被替代的虚无感,好像人能做的机器都能做,而且做得更好、更高效,那么,人还怎么生存,活着还有什么意义?

这种感觉并非无源之水、无本之木,而是有着深久的教育、社会根源。长期以来,我们的教育过于专业化、物质化、功利化,在知识传授、技能培训上拼命"鸡娃",社会也以科技进步、经济发展为主要导向,这导致了人们对"人"的认知和实践都是"单向度"的。现在,"单向度"的人极力训练、竞争的技能,机器都能高效完成,他们怎能不恐慌、失落呢?人是要继续"奋斗",把自己训练得和机器一样,还是要另辟蹊径,探索和高扬"人之所以为人"的独特品质与价值,成了摆在所有人面前的紧迫问题。

答案显然是后者。目前社会上出现的"躺平"心态,积极地看,正蕴含着从"奋斗""竞争"氛围中夺回自我、让人更像人而不异化为机器的挣扎。"素质/通识教育""科学发展观"等理念的提出,也是为了纠偏补弊,倡导人除了要习得谋生的知识、技能外,还要培养博雅的眼光、融通的识见,陶冶完美的人格、高尚的情操;衡量社会发展也不能只论GDP(国内生产总值),而要看综合指数。

这么来看,以国学为核心的中华优秀传统文化,就大有用武之地。孔子早就说过,"君子不器","为政以德"(《论语·为政》)。庄子也提醒,"有机事者必有机心。机心存于胸中,则纯白不备","神生不定","道之所不载也"(《庄子·天地》)。慧能亦曾这样开示:"心迷《法华》转,心悟转《法华》。"(《坛经·机缘》)这些经过数千年积累、淘洗的箴言智慧,可以启发我们在一个日益由机器安排的世界中发展"人之所以为人"的独特品质,从而更好地安身立命、经国济世。可见,国学不是过时的、只有少数学者才需要研究的"高文大册",而是常读常新、人人都应了解的"通识"。

这套"国学通识"系列丛书,即致力于向公众普及国学最基本的思想观念、知识架构、人文精神和美学气韵等,大多由功底深博的名家泰斗撰写,但又论述精到、篇幅短小、表达深入浅出,有些还趣味盎然、才情四射。一些撰写较早的著作,我们约请当

总　序

代青年领军学者做了整理、导读或注释、解析，以便读者阅读。

我们的宗旨是弘扬并激活国学，让优秀传统文化滋养智能时代中国人的心灵，同时也期望读者带着崭新的生命体验和问题意识熔古铸今，传承且发展国学。在这个过程中，相信人人都能获得更加全面、自由、和谐的发展，社会也会变得更加繁荣、公正、幸福！

陈斐

癸卯端午于京华

《国学汇纂》新版序

《国学汇纂》十种,是先祖父蒋伯潜和先父蒋祖怡合作撰写的,在1943—1947年由上海正中书局陆续出版。

《国学汇纂编辑例言》的第一条,说明了编撰这套《汇纂》的缘由:

> 我国学术文艺,浩如烟海。博稽泛览,或苦其烦;东捞西扯,复病其杂。本书汇纂大要,别为十种,供专科以上学子及一般程度相当者,阅读参考之资。庶于国学各得其门,名曰《国学汇纂》。

在《例言》中,这十种书的顺序是:《文章学纂要》《文体论纂要》《文字学纂要》《校雠目录学纂要》《诗歌文学纂要》《小说纂要》《史学纂要》《诸子学纂要》《理学纂要》《经学纂要》。出版时也把这十种书按顺序排列,称为《国学汇纂》之一到《国学汇纂》之十。

这十种书中的《文章学纂要》《文体论纂要》《文字学纂要》

《校雠目录学纂要》《诗歌文学纂要》《小说纂要》属于语言文学范畴，《史学纂要》属于史学范畴，《经学纂要》《诸子学纂要》《理学纂要》属于哲学范畴。也就是说，这十种书，涉及了中国传统的文、史、哲的基本方面，是国学的基本知识。

总起来说，这十种书有三方面的内容：

（一）介绍基本知识。这十种书，每一种都是一个单独的学科领域，涉及的范围非常广，有关的知识非常多。为了适合读者的需要，作者对有关知识加以选择、概括、组织，把一些最基本的知识以很清晰的面貌呈现在读者面前，使读者既不苦其烦，也不病其杂。

（二）阐述作者观点。这些学术领域都有不同学术观点的争论，或者有不同的学派。面对这些不同观点，初学者可能感到无所适从。作者对这些问题介绍了不同观点，并阐述了自己的看法。这有助于读者了解这些学科历史发展的过程，也有助于读者从不同的侧面来看待和掌握这些基本知识。

（三）指点学习门径。这十种书都是入门之学。读者入了门以后，如何进一步学习？这十种书常常在介绍基本知识和阐述作者观点的同时，给读者指点进一步学习的门径。如提供一些参考资料，告诉读者进一步学习该从何入手，需注意什么问题等。

这些对于初学者都是十分有用的。所以，《国学汇纂》出版后很受欢迎。著名学者四川大学教授赵振铎曾对我说：你祖父和父亲的那两套书（指《国学汇纂》十册和《国文自学辅导丛书》十二册），

《国学汇纂》新版序

我们当时在中学里都是很爱读的。我很感谢赵先生告诉我这个信息。

《国学汇纂》不仅在上个世纪的四十年代末出版后受欢迎，在以后也一直受到欢迎。1990年，北京大学出版社重印了《校雠目录学纂要》。1995年，我在台北看到的《文字学纂要》已经是第二十九次印刷。2014年《小说纂要》收入《民国中国小说史著集成》第九卷，由南开大学出版社出版。首都经济贸易大学出版社的领导和编辑蓝士斌先生很有眼光，看到了《国学汇纂》的价值，在2012年重印了《文字学纂要》，2017年重印了《诸子学纂要》，2018年重印了《文章学纂要》。这些都说明这套书并没有过时。

但《国学汇纂》一直没有完整的再版，这是一件憾事。很感谢主编陈斐先生和华夏出版社有限公司，决定把《国学汇纂》作为《国学通识》的第一辑出版。他们约请相关领域的青年学者对《国学汇纂》的每一种都细加校勘，而且撰写了"导读"。"导读"为读者指出了此书的特色和重点，以及阅读时应注意的问题。这就给这套七十年前出版的《国学汇纂》赋予了新的时代气息。

在此，我对陈斐主编、各位整理并写"导读"的专家和华夏出版社有限公司表示深切的感谢！我相信，广大读者一定会欢迎这套新版的《国学汇纂》。

蒋绍愚

2022年5月于北京大学

《国学汇纂》编辑例言

一、我国学术文艺，浩如烟海。博稽泛览，或苦其烦；东拤西扯，复病其杂。本书汇纂大要，别为十种，供专科以上学子及一般程度相当者，阅读参考之资，庶于国学各得其门，名曰国学汇纂。

二、文章所以代口舌，达心意，为人人生活所必需，而字句之推敲，章篇之组织，意境之描摹，胥有赖于文法之活用，修辞之技巧；至于骈散之源流，语文之沟通，亦为学文章者所应谙悉。述《文章学纂要》。文体分类，古今论者，聚讼纷纭，而各体之特征、源流、作法，更与习作有关，爰折中群言，阐明体类，附论风格，力求具体。述《文体论纂要》。

三、研读古籍之基本工夫，在文字、目录、校雠之学。我国研究文字学者，声韵形义，歧为两途；金石篆隶，各成系统；晚近龟甲之文，简字拼音之说，益形繁杂；理而董之，殊为今日当务之急。而古籍文字讹夺，简编错乱，书本真伪，学术部居，校勘整理，尤当知其大要。述《文字学纂要》及《校雠目录学纂要》。

四、我国古来文艺以诗歌、小说为二大主流，戏剧则曲词煦育于诗歌，剧情脱胎于小说。而诗歌之演变，咸与音乐有关，其间盛衰递嬗，可得而言。至于小说，昔人多不屑置论，晚近国外文学输入，始大昌明。而话剧亦骎骎夺旧剧之席。述《诗歌文学纂要》及《小说纂要》。

五、我国史书，发达最早，庞杂最甚，而史学成立，则远在中世以后，且文史界限，迄未厘然；至于诸史体制，史学源流，亦罕有理董群书，抽绎成编者。是宜以新史学之理论，重新估定我国之旧史学。述《史学纂要》。

六、我国学术思想，以先秦诸子为最发展，论者比之希腊，有过之无不及也。秦汉以后，儒术定于一尊，虽老庄玄言复昌于魏晋，而自六朝以至五代，思想学术，俱无足称。宋明理学大盛，庶可追迹先秦，放一异彩。述《诸子学纂要》及《理学纂要》。

七、六经为我国学术总会。西汉诸儒承秦火之后，兴灭继绝，守先待后，功不可没。洎其末世，今古始分。东汉之初，争论颇剧。及今古混一，而经学遂衰。下逮清初，始得复兴。乾嘉之学，几轶两汉。清末今文崛起，于我国学术思想之剧变，关系亦颇切焉。述《经学纂要》。

八、军兴以来，倏已四载，典籍横舍，多被摧残，得书不易，读书亦不易。所幸海内尚存干净土，莘莘学子，未辍弦歌。编者局处海隅，自惭孤陋，纵欲贡其一得之愚，罣误纰谬，自知难免，至希贤达，予以匡正！

目录

导读 / 1

第一章　小说的领域及其本质 / 1

- 第一节　小说与戏剧之关系及其分野 / 3
- 第二节　小说与诗歌内容上之关连性 / 11
- 第三节　小说与历史 / 19
- 第四节　时代、地域与文章 / 25

第二章　中国小说之源流及其形态 / 41

- 第一节　中国小说名称与涵义之商榷 / 44
- 第二节　神话与传说 / 49
- 第三节　小说形态之完成 / 62
- 第四节　小说之独立的发展 / 68

第三章　中国小说内容之演化　/　78

- 第一节　从神化到人化　/　80
- 第二节　宗教意识、道德意识、社会意识　/　93
- 第三节　侠义与性爱　/　104
- 第四节　小说主题之因袭性　/　113

第四章　中国小说外形之嬗变　/　127

- 第一节　口语与笔录　/　128
- 第二节　短制与长篇　/　140
- 第三节　文体与结构　/　148
- 第四节　翻译与创作　/　156

第五章　中国小说之整理与研究　/　168

- 第一节　历代小说书目之记录　/　170
- 第二节　小说之分类　/　199
- 第三节　小说之批评　/　208
- 第四节　小说之考证与史料之整理　/　214

本次整理征引文献　/　227

导读

蒋祖怡的《小说纂要》出版于1947年，距今已过去七十余年。然而，数十年的历史并未让这部著作失色：从学术角度看，它仍然是我们讨论中国当下小说观念形成史的特殊文献；从阅读角度看，它对普通读者阅读小说仍然具有指导作用。

一、重新梳理小说融入中国文化的历程

当代读者对"小说"一词一般来说都有一种较为固定的认识，这一认识从小学便开始通过语文教学灌输给学生，即以环境、人物、情节为要素的叙事性文体。但大多数读者对这一概念如何得来并不明了，可能很多人会认为小说的本质就是这样的，不必多言；也可能会有人说，这是几千年来中国小说发展的必然逻辑，不必纠结。其实并非如此，中国古代逐渐形成的"小说"与我们当下所说的"小说"有着非常深刻的差异。

中国传统小说在古代一直是不受重视的文体，徘徊于子史之

间，不登大雅之堂。这一文体之所以在当下成为文学最核心的文类，其实正是随着中国文化改天换日的更革而来的。易言之，就是以西方小说概念完全同化中国原有的小说概念而达成的。当代的读者或许下意识就会认定：小说就是novel。其实，任何一部双语词典从文化而非语言角度来看都是名副其实的郢书燕说，因为在人们欢呼"东海西海，心理攸同"的时候，却忘了每个词语代表的文化细节都有程度不等的错位。"小说＝novel"就是一个典型的语言学判断，这种判断忽略了它们是从不同文化系统中孕育出的叙事文体的事实。

中国小说起源极早。正如从鲁迅先生以来的诸多研究者所称引的那样，在中国文化典籍中，第一次提到"小说"的是《庄子》——这一点，《小说纂要》也有同样的表述（参见本书第二章第一节《中国小说名称与涵义之商榷》）。其《外物》篇中讲述了任公子的奇异故事，最后说明了"饰小说以干县令，其于大达亦远矣"的道理，其"小说"实即字面所示之涵义，即与圣贤大道相对的街谈巷议、浅识小语。事实上，在《庄子》前后，许多先秦典籍都有大致相类之名，如《庄子》又以"小言"称之[①]，《荀子》则言"小家珍说"[②]，名虽不同，其实则一。当然，在《庄

[①] 郭象注，成玄英疏，曹础基、黄兰发整理：《庄子注疏》，中华书局2011年版，第483—484页。
[②] 荀况著，王天海校释：《荀子校释》，上海古籍出版社2005年版，第925页。

子》这里,"小说"一词尚非文体指称,但其指称的现象却在后世逐渐演进为文体,因此这一名称也便标示了后世作为文体的"小说"的特征——可以说,在数千年的中国文化系统中,小说文体一直都没有摆脱"小说"原义的牢笼,而这其实也正是中国小说文体的核心特征。

西方小说或者说西方的 novel 却并非如此。根据美国学者伊恩·瓦特的名著《小说的兴起:笛福、理查逊和菲尔丁研究》所述,西方最早诞生的 novel 是我们非常熟悉的《鲁滨孙漂流记》,这部小说大概问世于 1719 年,是在复杂的西方文化语境中诞生的叙事文本。所以,简单来说,novel 与小说并不天然同质。但在中西方文化交融的时代里,西方概念完全同化了中国传统的概念,这个同化过程从梁启超就开始了。

小说界革命的理论奠基者梁启超在其纲领性文献《论小说与群治之关系》一文中,一方面宣称"小说为文学之最上乘",一方面又以小说为"中国群治腐败之总根源",二语看似矛盾,实则统一:因为梁启超之"小说"所指非一,前所云为西方"小说"之体,后之"小说"则专指中国旧有的章回体作品。在此前的《译印政治小说序》中他就说过,"中土小说……述英雄则规画《水浒》,道男女则步武《红楼》,综其大较,不出诲盗诲淫两端"。梁启超的这一态度鲜明地体现出近代小说变革时期理论界及创作界在复杂的社会文化背景下对小说文体的认定与抉择。

小说■要

也正是这种抉择，一方面使作者与读者双方都真诚地相信小说"足以唤醒国魂开通民智"，从而可以"改良群治"①，并促使近代小说创作热情空前高涨；另一方面却又在变革过程中抑此扬彼，并逐渐将"通俗小说"的名称强加在其时的章回小说创作之中，并泛化为白话小说的通称。诚然，中国古典小说（尤其是章回小说）向来不登大雅之堂，但明代的四大奇书已经大大地提高了章回小说的文体地位②，再从清初才子书对章回小说的文人化试验，到清中期《儒林外史》《红楼梦》等作品的产生，章回小说已逐渐走出了下里巴人的泥淖③。但经过小说界革命的设定，"通俗"成为一种对中国传统小说价值的判定，并在中国文化巨大转型的历史背景下，把这种已被边缘化的小说概念再收编到西方小说之中。

由于当代读者从接受教育开始，便对这种已经被改造过的小说概念十分熟悉，所以，西方的 novel 已经对中国传统的小说概念形成了挤压与异化。但是，这一同化过程并非突然形成的，而

---

① 以上引文分别参见陈平原、夏晓虹编《二十世纪中国小说理论资料·第一卷（1897—1916）》，北京大学出版社 1989 年版，第 34、36、21、204、37 页。

② 浦安迪便反复强调这四大奇书是"文人小说"，并宣称"它们唯有被看作是反映了晚明那些资深练达的文人学士的文化价值观及其思想抱负，而不仅仅作为通俗说书素材摘要时，才会获得最富有意义的解释"，参见其《明代小说四大奇书》序，沈亨寿译，生活·读书·新知三联书店 2006 年版。

③ 关于此，可参见袁进《中国小说的近代变革》，中国社会科学出版社 1992 年版，第 1—22 页。

是需要一个较长的历史时期。这个时候，我们再来阅读蒋祖怡的《小说纂要》，就会发现，在对小说的界定与评判上，它既是我们当下"小说＝novel"这一判断的源头之一，但同时却仍然对两种概念做出了较合情理的区分——后者对于当下完全将二者混淆的"共识"颇有参考借鉴的意义。

二、建构相对完整的理论体系

事实上，在梁启超倡导小说界革命之后，中国当时的文化生态之中，兴起了以文学救治国人的运动——鲁迅、郭沫若等人的弃医从文便颇可反映这一时代的趋势。因此，这一历史时期，小说的地位迅速上升，以往的下里巴人突然得到了前所未有的关注，五四时期的作家不但开始创作novel式的小说，甚至也开始以新的眼光来研究中国传统的小说，其中最杰出者，是胡适和鲁迅这两位中国新文化史上的泰斗，这在以前是不可想象的。也正因如此，这几十年也产生了多部小说的研究专著。其中最重要的，当然莫过于胡适以《红楼梦考证》为代表的一系列考证文章（后有出版社在没有得到胡适授权的情况下将这些文章结集为《中国章回小说考证》一书[①]），还有鲁迅的《中国小说史略》。

---

① 参见胡适《中国旧小说考证》，李小龙编，商务印书馆2014年版。

这些成果都为后来中国古代小说的研究擘画了蓝图。不过，此二家仍有缺点：胡适的古代小说研究以考证为主，或者说，这不过是乾嘉考证叠加实用主义思潮的试验——胡适也确有以此为学术样板的用意在，所以，对古代小说的研究多为散落的点；而鲁迅之书就更清楚了，其题目便表明无疑，是一种重在描述发展轨辙的"史"。

从这一角度，我们便可以看出蒋祖怡《小说纂要》的意义来。其中最关键的是，初步建立起了相对完整的小说研究理论体系。关于此点，我们分析一下此书的章节便可看出。

此书共五章，基本上可以说是概念、源流、内容、形式及学术史的组合。

第一章为"小说的领域及其本质"，主要是想厘清本书最为核心的"小说"的概念。有趣的是，由于中国古代的小说是一个非常驳杂的概念，所以，蒋氏不得不在此章先将小说从各种文体中剥离出来——这种剥离事实上恰恰是将小说概念提纯或者干脆说是西化。比如第一节讨论小说与戏剧之分野，原因便是古人常常将戏剧与小说混为一谈（从当时不少以"小说史料"命名的书同时也收录戏曲的史料即可知），故不得不以西方小说与话剧的分界为参照，将二者分别开来。再如，中国传统的小说往往被认为是史之余，与历史有着复杂的关系（从很多中国小说以"史"来命名即可知，事实上，那些以"传""记"命名者也不过是在仿效史家传、纪之体罢了①),所以其第三节便是"小说与历史"。作者认为,"小说与历史,有着同样的任务,那就是以客观的态度,对于现实的认识",这一看法更接近中国小说的特点。作者为了证明西方小说亦复如是,即认为"罗马时代史学者李维他底作品中有浓厚的小说意味",并继续列举了希罗多德的书"保持着《依利奥特》和《奥特赛》的精神"——这是把《伊利亚特》和《奥德赛》当作"小说"来看的,虽然并不妥当(因为 novel 和史诗以及传奇都并不相同),但也算是沟通中西小说文体的努力。

第二章则关注中国小说形成、发展的历史。也就是说,此章大体上与鲁迅《中国小说史略》相当。当然,也因此之故,此章借鉴鲁迅书的地方较多,整体框架与个别论述都大体相近。不过,在这种情况下,本书仍有自己的特点,就拿第二节《神话与传说》来看,作者有意识地大量使用西方学者对相关问题的论述,如格莱(Charles Mills Gayley)、安特鲁兰(Andrew Lang)、韦尔斯(Herbert George Wells)等人的观点,从而在中西交融上更有效果,或者说,在以西律中的论述中更为清楚——鲁迅之书小说观的支撑点来自西方的观念,却很少引西方学者的观点,这一点在

---

① 参见李小龙《明代艳情小说以"史""缘"二字命名试析》,《明清小说研究》2018 年第 4 期;《中国古代小说传、记二体的源流与叙事意义》,《北京社会科学》2020 年第 2 期。

将中国小说观念西化的过程中较为顺畅，但也掩盖了二者之间的差异——而蒋祖怡在中西对比中对二者反倒有清醒的分判，他说"梁氏以前，中国'小说'一词的本义，乃是不足观的小道的意思，梁氏所提倡的，也只是一种政治上的应用，其涵义与现代的'short story'和'novel'不同。将'小说'给以准确的定义，那是在新文化运动成熟以后的时候"。

第三章讨论中国小说的内容。这一章最有创见。

如第一节指出中国小说"内容自多神异之谈"，并认为："中国史书，自《史记》以迄《明史》，还多少保存着那礼祥灾异之说……历史尚且如此，被目为稗史的小说更不必论。加以释教自汉代传入中国，流行颇盛，与中国原来的道教玄学相揉合，于是，诸小说中难免有着鬼怪的穿插，这风气一直到清代还被保存着。"这一方面标示出中国古代小说内容上的重要特点，另一方面也努力探寻此种特点的原因，见解颇为通达。

第二节论宗教意识、道德意识和社会意识。先指出由于小说源于神话，而"宗教之兴亦由于神话意识，故小说与宗教的关系很是密切"，并指出"西洋小说中，颇多宗教意识之渗杂"，然后再一一论述中国小说从汉至魏晋之神怪小说，甚至唐代传奇至明清小说中的神魔因素，以明文化意识对小说之渗透。更有创见的是，这节还特地论述了道德意识，指出"中国小说中，忠孝之思想，亦甚浓厚"，中国人受儒家影响，向来认为"小说亦颇有'虽小道必有可观'之用意",可以说抓住了中国古代小说的本质。

第三节论"侠义与性爱"可以说在当时诸小说论著中颇为特异,但细细思考,亦可了然——在作者创作此书之时,中国文坛上最为流行的小说即是有关侠义与性爱者,作为对小说一体进行研讨的著作,自然要对这一现象做出回应。但之所以当时小说研究诸书少有涉及,则或以侠义之书为通俗小说,不登大雅之堂;而性爱之书又易为人目为诲淫之书,故此少及。作者将此专列一节来讨论,足见他的勇气,且其论述亦颇有灼见,如:

> 在农民们的心目中,对于那些不事桑麻而获取高位厚禄的官吏,有时不免乎愤怒。而对专制制度,又受历来传统礼教的约束,不敢有反抗的行为,于是对于那些封建制度下所存在的豪富官绅的愤怒,只有以想象的"义、侠"之士来对付;于是在小说中便有了侠义的故事,及其末流,受神怪、羽书、方技、佛教等影响,而流为纯粹荒诞的剑侠小说。

再如:

> 食色原为原始人类的本能,古代以女子为男子的附属品,在行为上,尽可认为伦常,畅其所欲;但在文字上,却因受礼教的约束,不敢公然笔之于书,对于《诗经》的《关雎》,

也只能用"好色而不淫"的话来解嘲。但在被认为小道的"小说"上，则颇多写性爱的故事。因为性爱亦系人类最普通的感情，以家庭为社会最基本单位的中国人民，尤以夫妻为齐家之本。于是由神鬼为经纬的性爱小说，而进为爱情小说，其末流则流入于专写性交之小说。

其实，此二者恰为小说界革命发起人梁启超指责中国小说的两大弊端，即所谓"诲淫"与"诲盗"者。作者不仅指出了这种小说的表现，还试图从文化的角度来理解这种特点背后的原因，颇有启发性。

其间，一些细节亦可见作者目光的深邃。如云"六朝佛教甚盛，以无为为事，故侠义故事不行，至唐而始有侠义小说"，此种特点易为人所忽略，作者拈出，即为巨眼。更重要的是，还指出六朝少侠义故事之原因在佛教之盛行；而唐代侠义日盛，则由于"唐代藩镇之祸日深，颇思得人以安社稷"，都是精深之论。

本章最后一节讨论的仍然是中国古代小说文体的一大特点，即"小说主题之因袭性"。作者认为，"由于中国文人对于文章重形式而忽略内容的缘故，许多小说的主题都是因袭固有的故事，即是将原有的内容改换一种新的形式来写述"。这一点可以说作者通过大量的阅读及与西方小说的对比看到了二者之间的不同，这已是非常了不起的发现了，但其解释其实尚有待发之覆。

第四章则讨论中国小说的形式,涉及的方面甚多。如第一节讨论"口语与笔录",认为中国小说经历了一个由口语而至于笔录的过程,如文言小说最早从先秦口语开始,至唐代传奇则进入了笔录的时代;但至宋代说话,则又有了新的口语文学。这一论述框架无疑受到胡适对中国文学由民间到文人的循环大势的影响,但作者将此逻辑施之于小说则更见其当,尤为有趣的是,他甚至把胡适引领风气的白话运动看作又一次进入口语文学时代的表现。

至于本章第二节,讨论的话题较为复杂,此节的标目是"短制与长篇"。作者在此节开端就开门见山地表示"我国小说的形式上第二个进步的现象是从短制进而为长篇",非但将中国古代小说分为"短篇"和"长篇"两种体制,而且认为从短篇到长篇是一种"进步"。其实这一看法却是对西方小说文体与中国小说观念的双重误解[①],不过,也不得不说,这种观念影响极大,基本上就是当下的常识。

此外,第三节论"文体与结构",第四节论"翻译与创作",也都有闪光之处。尤其是第四节,把翻译纳入论列,是极富远见之笔,因为中国当下小说概念的形成,其实离不开翻译的助力,故从小说概念成立角度来看,这一笔实不可少。

第五章名为"中国小说之整理与研究",其实便是中国古代小

---

① 参见李小龙《必也正名:中国古代小说书名研究》之《导论》,生活·读书·新知三联书店2020年版,第7—40页。

说的学术史与史料整理。鲁迅写作《中国小说史略》其实也梳理了大量史料,但这些史料最后被辑为《小说旧闻钞》,并没有放入他的小说史著述中去。这当然也有好处,就是保证了小说史理论体系的完整,但在史料方面却有所欠缺。蒋书本章是全书篇幅最大的章节,我们可以看到他把收集到的很多小说资料都辑录于此,为小说的整理与研究列出了一个"菜单",对于想进一步了解中国古代小说研究的读者来说,还是非常有用的。

总的来说,蒋祖怡的《小说纂要》既与其时主流的胡适、鲁迅甚至俞平伯等人的小说观念相呼应,又有其个人深入思考的创见;既有较为完整的理论架构,又有扎实的材料支撑;既多方援引西方学者的判断来完成小说概念的形塑,又更多从中国小说特色出发来消化这些判断——因此,这部书便既是中国小说观念与西方融合的助力者,同时也是了解中西小说观念融合时复杂逻辑的特殊文本。在这样多重视角的观照之下,它既获得了当下学界面对小说史建构的课题时理应关注的学术资料,同时也是普通读者深入了解小说文本的优质读本。

最后交代一下《小说纂要》的整理情况。

蒋祖怡《小说纂要》,于1947年5月由正中书局作为"国学汇纂丛书第六种"出版。版权页署发行人为蒋志澄,其人为浙江诸暨人,生于1893年,毕业于北京大学,时任正中书局经理。此后,于1953年,在台湾继续由正中书局印行了台一版;1960年

导 读

印行了台二版……直到1979年印行了台五版。笔者将1948年一版与台二版及台五版作了对照,发现几乎没有什么更动。因笔者手头有台二版,故以台二版为底本整理。

在整理过程中,秉持"校对错,不校异同"的原则,对作者的写作风格、民国时期的语言习惯,不作改动;原书中的观点、提法,一仍照旧;原书所涉专名(人名、地名、术语)及译名与今提法不统一者,亦不予改动或仅作说明。整理时要核对作者引文,然作者写作时所引文献版本无法确知,故仅据通行版本进行校改,所据版本见书末所附征引文献。蒋氏写作此书的目的在于论述中国小说的演进、普及当时主流的小说研究理论知识,为此而引用的文献仅为佐助论证,并非斤斤于考据,故不影响文意时,我们便不进行繁琐校勘,尽量保留蒋书原貌。

李小龙

第一章 ○

小说的领域及其本质

我国对于"小说"一词并无详细周密的定义,亦未尝分析它具有那几种本质。自《汉书·艺文志》以迄《明史》,皆以小说为"小家珍说",不甚加以注意。《汉书·艺文志》称:"小说家者流,盖出于稗官。"如淳注曰:

> 王者欲知闾巷风俗,故立稗官使称说之。

从此即以"稗史"为小说之名,盖以此为史之支流而其言又不足以为征。故对于战国游说之士的游谈无根的寓言传说,即目之曰"小说"。以后"稗史""小说"两名,相沿互用,大凡不经之事、不齿数于大道之言,均以此名之。

六朝①名小说曰"传奇",传奇,顾名思义乃是"纪述异闻"的意思。宋人讥范仲淹《岳阳楼记》为传奇体,足见当时亦以"传奇"为不甚典雅的文体,以别于韩柳之高文。宋代称"话本"为小说,亦是以为流传民间、不齿儒林的作品。翟灏《通俗编·七》云:

> 《新论》:"小说家合丛残小语,近取譬喻,以作短书。"按,古凡杂说短记,不本经典者,概比小道,谓之小说,乃诸子杂家之流,非若今之秽诞之言也。《辍耕录》言宋有诨词小说,乃始指今小说矣。

又梁绍壬《两般秋雨盦随笔》亦云:

> 小说起于宋仁宗朝,太平已久,国家闲暇,日进一奇怪之事以娱之,名曰"小说"。而今之小说,则记载矣。传奇者,裴铏著小说,多奇异,可以传示,故号"传奇",而今之传奇,则曲本矣。

可见它的名称范围的混杂了。小说之指"章回小说"及"唐人小

---

① 六朝,当为唐人。

说"者,其范围则似"Novel"一词的涵义;而传奇本为小说,但亦兼指戏曲诗歌,其范围又似"Fiction"的涵义了。

中国小说之外形,虽与诗歌戏曲为两途,但是在内容及技巧上,则有密切的关系。在文学的演变上看来,后来的"挡弹词""弹词""南戏",均有三者合流的现象,但又独为一体,不相隶属。而且同为小说,每代因时地关系,作风、体制、内容,又各不相似。六朝笔记,唐代传奇,宋人话本,元明章回小说,明清弹词,而章回小说之中,明有神魔、人情,清则变为讽刺、狭邪、公案、谴谪[①]……

所以中国"小说"之名,内容甚为庞杂,代有不同,领域之广,过于其他各种学问,本质之复杂,又难以一言可尽,兹分为四节,择要述之。

第一节 小说与戏剧之关系及其分野

英语的"Fiction",它的涵义,包括了小说Novel、诗歌Poem和戏剧Drama的意义,在欧洲古代以为此三者是一体的东西。凡是文学作品,其目的在以想象而连贯之事实,说明人生的

[①] 谴谪 鲁迅《中国小说史略》作"谴责",据《中国小说史略》(P.291)注。

真理的，都可以叫做"Fiction"。而 Fielding[①] 称小说为"放大的戏剧"，用以描写现实的人生。英国隆克[②]也说："没有小说，便没有名剧；没有戏剧，也就没有名小说。"这样说来，它们之间的关系是异常密切的。

就内容、本质以及它们的目的看来，这两者均是艺术形式的一种，且同属于文学的范畴，所以其中的文学技巧，有许多相通的地方，小说的分章，等于戏剧的分幕分场；小说的刻画人物的个性，与戏剧所要刻画的完全相同；小说中所写的对话与动作，即是戏剧演员所要表演的对话与动作。例如魏邯郸淳的《笑林》中的一则故事，其用文字以感人之效果，与在舞台上以动作表示的效果相同：

> 伧人欲相共吊丧，各不知仪，一人言粗习，谓[③]同伴曰："汝随我举止。"既至丧所，旧习者在前，伏席上，余者一一相髡于背。而为首者以足触骂曰："痴物！"诸人亦以为仪当尔，各以足相踏曰："痴物！"最后者近孝子，亦踏孝子而曰："痴物！"

---

① Fielding 即英国小说家亨利·菲尔丁，代表作为《弃儿汤姆·琼斯史》。
② 隆克 即英国哲学家约翰·洛克。
③ 谓 底本脱，据《历代笑话集》(P.5)补。

又小说中亦有用简单的对话来写出人物的思想，促进故事的发展，这也和舞台上的对话有同样的效力。《世说新语》中此例甚多。近代小说中亦多此例。

再以文学的要素人物、结构、环境来论列，它们表现的技巧也是大致相同。

先说环境。小说戏剧中的环境，犹如画图中的背景，这不是一种点缀，而是图画中的一部分。不但可以使事实的发展更为明白，而且也可以表现人物的感情与个性，用以增强当时所触发的感应力。司蒂文孙①在"Gossip on Romance"中说到"环境"，将小说戏剧的环境并合在一起叙述：

> 戏剧是行为的诗，而小说是环境的诗。人生的喜悦，可以分成两类：一是自动的，一是被动的。我们有时能遏制自己，有时也被环境所控制……我自动的行为与被环境压迫的行为，这两种那一种大，很难断言。但后者总比较永久。人生事实彼此相应，事实的发生常在相当的地点。看见添树遮荫，便想在它下面休息一下；有的地点使人努力，有的地点使人怠惰，有的地方可以促使人早起，在浓雾下，在深夜、流水边等，无一不能使我们发生无名的欲望或快感。情感和

---

① 司蒂文孙　即英国小说家罗伯特·路易斯·史蒂文森，代表作为《金银岛》。

事实的发生，我们能觉到，不能知道，但却希望它发生。一生之中，因时间地点而发生感慨的，不知有多少次数。旷野之中，大海之边，使我悲苦或喜悦者，也是这种原故。

再说人物。人物是故事中所必不可少的质素，也可以说小说戏剧所表现的便是人物的争斗。同时，不单是表现他们的外形，而更重要的是他们的个性、意志的表现与感情的变化。古代戏剧与小说差不多是用说明的态度来表现的，如皮簧中演剧者自己报姓名，自己说明身世和个性，那与小说中先用一大段文章陈述所要写的人物的性情，同样地不巧妙。哈密尔顿[①]以为这样表现法，有两种流弊：其一，用在一篇中，足以阻止行动的进展；第二，使读者得不到具体印象的感受，而只听到絮絮的解释。怎样才能恰如其分地暗示或说明人物的个性，那是小说戏剧所共同要研究的问题。

再说结构。结构在小说和戏剧中同样重要。小说和戏剧均是表现人生，而人生又是非常的复杂，要全部写入，事实上不可能，而且也不必，于是就有了题材剪取的问题。这两者对于题材都得考虑到如何提炼它最精粹的一部分，而如何把这精粹部分排列得适当。莫泊桑以为一篇比例适宜的小说，即是最成功的小说。司

---

① 哈密尔顿　即英国哲学家汉密尔顿，代表作为《关于文学与哲学的讨论》。

第一章 小说的领域及其本质

蒂文孙说:"凡是一种好作品,各章各页,每句每语,都能互相发明,前后呼应,同以一中心思想作归宿。"那就是说,在结构上应该统一、经济,也该有一个重心。无论小说与戏剧,其中一定有个"高潮点""Climax""Culmination"。小说每一章有一个小高潮,而此高潮均为全篇结尾时的大高潮而准备;戏剧①中的每幕有一个重心,而全剧的"高潮点"往往在全剧闭幕相近的时候。哈密尔顿说:

> 结构不论如何复杂,其中虽然有许多小结束,但一定另外还有一个总结的,它总聚了各个线索而成为一贯的事实之普通焦点。

除此以外,作者作风的不同,亦影响于②其作品。小说戏剧如此,一切文字也是如此。但亦因作者的关系,对于环境、人物、结构三者各有轻重。如大仲马的作品,常常先有动作再选择人物;屠格涅夫的作品先有人物再有动作;司蒂文孙的 *The Merry Men*③,那是先有环境而后完成人物与动作的。即使同一作者,写一小说,同时写一剧本,因经验、感触的不同,也未必是同一

---

① 底本"戏剧"上衍"因此",据文意删。
② 于 底本作"与",据文意改。
③ *The Merry Men* 即 *The Merry Men and Other Tales and Fables*,当下译作《快乐的男人们及其他故事》。

的技巧。法国 Louis Leclerc de Buffon[①] 有一篇文字 "Le style c'est l'homme même" 论风格之不同，我国刘勰《文心雕龙》的《体性篇》中亦有此说。

其实小说戏剧，同出一源，神巫之传说即为小说，祀祭之歌舞即是戏剧。王国维以"优"为中国古代戏剧之专职，故有优孟之名。《史记·滑稽列传》称他讽谏庄王葬马，和为孙叔敖之子设计，实则近乎战国游说之士的作风，亦即"小家珍说"之意。其后分道扬镳，一重动作，一重文字；而在宋元之间的民间文学，尚有两者合流的现象，如宋代的盲词。据陆游诗所载：

> 斜阳古道赵家庄，负鼓盲翁正作场。身后是非谁管得，满村听唱蔡中郎。[②]

其他如唐之变文、宋之说话、明清的弹词大鼓，均不特是听的文学，而且略有表演，则此时民间尚有一种小说戏剧合流的作品。近代西洋文化输入，以为小说与戏剧均是表现人生的文艺作品，则其目的又是相同。

由上所论，这两者间关系的密切，可以想见。

[①] Louis Leclerc de Buffon　即法国作家布封，代表作为《自然史》。下文提及为其《论风格》。

[②] 陆游《小舟游近村舍舟步归》通行本作："斜阳古柳赵家庄，负鼓盲翁正作场。死后是非谁管得，满村听说蔡中郎。"据《剑南诗稿校注》（P.2193）注。

但是,小说与戏剧既不同名,又因所以表达的方式不同,形式亦因而有异。在近代已各树一帜,成为两种独立的文学形式。因此它们之间,也就有了很显著的差别。戏剧是一种具体的综合光和音乐、绘画的艺术,是以具体的动作声和光来直接刺激听者的眼和耳的。小说是一种平面的艺术,用文字和感情来借读者的眼传达于读者的脑,而引起一种感应作用。哈密尔顿(Clayton Hamilton)给戏剧下了一个定义说:

> 戏剧是由演员在舞台上,借客观的动作,用情感而非理智的力量,当着观众,表现一段人与人间意志的冲突。

又详述小说戏剧之不同道:

> 因此,戏剧有下面三种的限制,而小说却不然。那三种限制是:一演员的性情;二表演剧场的形状大小;三观众的心理的性质。这便是戏剧与小说的分野。

我们可以就此三点而申论二者的不同。

戏剧因演员必需以动作表现人物,所以戏剧中的人物的个性,必须有动作对话而表现,而小说中的人物可以任意创造,故小说取材的范围,可以较戏剧为广。但亦因为如此,小说中的人物,也容易丧失具体性、形象性。这是因演员的关系而不同的地方。

戏剧所活动的地域，受舞台的限制，必须在一固定地点发生故事；不在这特定地点发生的，只能从略。依三一律的限制，不同的布景不得过四五幕，全剧演出时间不得超过四小时，故事发生地点不能常常改换。而这种限制，均是小说所没有的，作者可以自由安排，篇幅之长短，亦有很大的伸缩性。这是因舞台关系而不同的地方。

戏剧之好坏，可以立时在观众的反映上取得证据，而其对象是同时的许多观众，小说则阅者虽多，各不相谋，故戏剧要求同时感动许多人，而小说则在感动一个人。同时，戏剧既为求许多观众的动容，故所述人生意志的斗争，它底用意必须是一般人共同的生活经验，必须明白、有力、浅近，使各阶级的人都有兴味，而小说则不受此种限制。这是因对象关系而不同的地方。

综上所述，小说所以感人的，除内容外，全在乎文字的技巧，而戏剧则在动作与对话。戏剧在空间与时间上都受着限制，而小说却没有。所以《会真记》只是一篇短文，《西厢记》便演成一册书。同是写遗传问题，左拉的《罗贡·马加兰丛书》[①]以数十本书、一千多人物、几代的时间来描写，而易卜生的《群鬼》只写

[①]《罗贡·马加兰丛书》 当下多译为《卢贡·马卡尔家族》。

五个人一夜间的纠葛。莫泊桑《项链》写洛娃夫人数十年的生活，而易卜生写欧华荔夫人数十年生活，在剧本中只用一天的生活来表示。

这单是就两者表现的方法来区别的，但其本质却同为艺术的一种，而且很有许多相通的地方。它们各有所长，不能以此武断地评骘它们的优劣。

第二节　小说与诗歌内容上之关连性

司蒂文孙说："戏剧是行为的诗，小说是环境的诗。"哈密尔顿说："小说与史诗形式体例虽异，但均为记叙文的性质。"又说："研究布尔什克①、屠格涅夫、吉百龄②的著作，固可以知道写作的材料及方法，而研究荷马、莎士比亚、白朗宁的著作，亦可以知道。"又说："近代小说，亦偶带史诗的色彩。《黑奴吁天录》、爱克曼、采曲林多含史诗的目的。"但是诗的范围很广，史诗不过其中之一，且有韵律的关系，和小说自为两种文体。

就中国的抒情诗来说，其中有很多是小说的题材，也有很多与小说的题材相同。（此处所称之"诗"系指广义的诗而言，亦即

---

① 布尔什克　当为法国作家巴尔扎克。
② 吉百龄　即英国作家吉卜林，代表作为《丛林故事》。

今人所谓"诗歌文学",详拙著《诗歌文学纂要》。)兹即依上述两项,分别申论:

(甲)含有小说成分的诗什

含有故事的诗什,即哈密尔顿所说的史诗,把范围扩大一点来说,亦即抒事诗。《诗经》中的抒事诗并不多,但亦有很好的作品,如《卫风》的《氓》:

> 氓之蚩蚩,抱布贸丝,匪来贸丝,来即我谋。送子涉淇,至于顿丘。匪我愆期,子无良媒,将子无怒,秋以为期。乘彼垝垣,以望复关,不见复关,泣涕涟涟;既见复关,载笑载言。尔卜尔筮,体无咎言。以尔车来,以我贿迁。桑之未落,其叶沃若。于嗟鸠兮,无食桑葚。于嗟女兮,无与士耽。士之耽兮,犹可说也;女之耽兮,不可说也。桑之落兮,其黄而陨。自我徂尔,三岁食贫。淇水汤汤,渐车帷裳。女也不爽,士贰其行。士也罔极,二三其德。三岁为妇,靡室劳矣,夙兴夜寐,靡有朝矣。言既遂矣,至于暴矣。兄弟不知,咥其笑矣。静言思之,躬自悼矣。及尔偕老,老使我怨。淇则有岸,隰则有泮。总角之宴,言笑晏晏。信誓旦旦,不思其反。反是不思,亦已焉哉!

写男女爱情的心理,诚为一篇很佳妙的短篇小说。此后《楚辞·离骚》及《天问》中虽有神话的故事，但描写却没有如此深刻。魏晋乐府也颇多如此的抒事诗，如《陌上桑》载秦氏女的故事，《华山畿》载女子失恋的故事，其中《木兰辞》尤为绝致，胡适称它是合乎短篇小说中"经济"的条件："记木兰的战功，只用'将军百战死，壮士十年归'十个字；记木兰归家的那一天，却用了一百多字。十个字记十年的事，不为少；一百多字记一天的事，不为多。"古诗中有一首《上山采蘼芜》也是抒事诗：

上山采蘼芜，下山逢故夫。长跪问故夫："新人复何如？""新人虽言好，未若故人姝。颜色类相似，手爪不相如。新人从门入，故人从阁去。新人工织缣，故人工织素。织缣日一匹，织素五丈余。将缣来比素，新人不如故。"

胡适评为"懂得这首诗的好处，方才可谈短篇小说"。东汉末年尚有一篇中国最长的叙事①诗——《孔雀东南飞》，旧题为"古诗为焦仲卿妻作"，那是一篇写述最动人的抒事诗，其题材正可写一篇小说。

唐代的诗篇中，记事的很多，尤以白居易的新乐府中为最，如《长恨歌》（与陈鸿《长恨传》同一题材）、《琵琶行》、《新丰

---

① 事 底本脱，据文意补。

折臂翁》、《卖炭翁》等，而称为"诗史"的杜甫之作品中如《石壕吏》亦是绝佳的记事诗，胡适称之为唐代诗中最佳妙的短篇小说：

> 暮投石壕村，有吏夜捉人，老翁逾墙走，老妇出门看。吏呼一何怒，妇啼一何苦！听妇前致词："三男邺城戍①。一男附书至，二男新战死。存者且偷生，死者长已矣！室中更无人，惟有乳下孙。有孙②母未去，出入无完裙。老妪力虽衰，请从吏夜归。急应河阳役③，犹得备晨炊。"夜久语声绝，如闻泣幽咽。天明登前途，独与老翁别！

（乙）与小说题材相同的诗什

上述陈鸿的《长恨传》与白居易的《长恨歌》，便是一例。唐代诗文并盛，故抒事诗亦较多。元稹《会真记》，宋赵德麟用《商调蝶恋花》十二首以记其事：

> 丽质仙娥生月殿，谪向人间，未免凡情乱。宋玉墙东流美盼，乱花深处曾相见。　　密意浓欢方有便，不奈④浮名，

---

① 戍　底本作"戌"，据《杜甫全集校注》（P.1288）改。
② 有孙　底本作"孙有"，据《杜甫全集校注》（P.1288）改。
③ 役　底本作"殁"，据《杜甫全集校注》（P.1288）改。
④ 奈　底本作"字"，据《宋元笔记小说大观·侯鲭录》（P.2070）改。

旋遣轻分散。最恨多才情太浅，等闲不念离人怨。

锦额重帘深几许？绣履弯弯，未省离朱户。强出娇羞都不语，绛绡频掩酥胸素。　　黛浅愁红妆淡伫，怨绝情凝，不肯聊回顾。媚脸未匀新泪污，梅英犹带春朝露。

懊恼娇痴情未惯，不道看看，役得人肠断。万语千言都不管，兰房跬步如天远。　　废寝忘餐思想遍，赖①有青鸾，不必凭鱼雁。密写香笺论②缱绻，《春词》一纸芳心乱。

庭院黄昏春雨霁，一缕深心，百种成牵系。青翼蓦然来报喜，鱼笺微谕相容意。　　待月西厢人不寐，帘影摇光，朱户犹慵闭。花动拂墙红萼坠③，分明疑是情人至。

屈指幽期惟恐误，恰到春宵，明月④当三⑤五。红影压墙花密处，花阴便是桃源路。　　不谓兰诚⑥金石固⑦，敛袂怡声，恣把多才数。惆怅空回谁共语，只应化作朝云去。

数夕孤眠如度岁，将谓今生，会合终无计。正是断肠凝望际，云心捧得嫦娥至。　　玉困⑧花柔羞扰泪，端丽妖娆，不与前时比。人去月斜疑梦寐，衣香犹在妆留臂。

---

① 赖　底本作"愿"，据《宋元笔记小说大观·侯鲭录》（P.2071）改。
② 论　底本作"偷"，据《宋元笔记小说大观·侯鲭录》（P.2071）改。
③ 坠　底本作"堕"，据《宋元笔记小说大观·侯鲭录》（P.2071）改。
④ 月　底本作"日"，据《宋元笔记小说大观·侯鲭录》（P.2072）改。
⑤ 三　底本作"十"，据《宋元笔记小说大观·侯鲭录》（P.2072）改。
⑥ 诚　底本作"城"，据《宋元笔记小说大观·侯鲭录》（P.2072）改。
⑦ 固　底本作"圈"，据《宋元笔记小说大观·侯鲭录》（P.2072）改。
⑧ 困　底本作"围"，据《宋元笔记小说大观·侯鲭录》（P.2072）改。

一梦行云还暂阻,尽把深诚,缀作新诗句。幸有青鸾堪密付,良宵从此无虚度。　　两意相欢朝又暮,争奈①郎鞭,暂指长安路。最是动人愁怨处,离情盈抱终无语。

碧沼鸳鸯交颈舞,正恁双栖,又遣分飞去,洒翰②赠言终不许,援琴请尽奴衷素。　　曲未成声先怨慕,忍泪凝情,强作《霓裳序》。弹到离愁凄咽处,弦肠俱断梨花雨。

别后相③思心目乱,不谓芳音,忽寄南来雁。却写花笺和泪卷,细书方寸教伊看。　　独寐良宵无计遣,梦里依稀,暂若寻常见。幽会未终魂④已断,半衾如暖人犹远。

尺素重重封锦字,未尽幽闺,别后心中事。佩玉彩丝文竹器,愿君一见知深意。　　环玉长圆丝万系,竹上斓斑,总是相思泪。物会见郎人永弃,心驰魂去神⑤千里。

梦觉高唐云雨散,十二巫峰,隔断相思眼。不为旁人移步懒,为郎憔悴羞郎见。　　青翼不来孤凤怨,路失桃源,再会终无便。旧恨新愁无计遣,情深何似情俱浅。

镜⑥破人离何处问⑦,路隔银河,岁会知犹近。只道新来

---

① 奈　底本作"索",据《宋元笔记小说大观·侯鲭录》(P.2073)改。
② 洒翰　底本作"酒酣",据《宋元笔记小说大观·侯鲭录》(P.2073)改。
③ 相　底本作"想",据《宋元笔记小说大观·侯鲭录》(P.2074)改。
④ 魂　底本作"云",据《宋元笔记小说大观·侯鲭录》(P.2074)改。
⑤ 神　底本作"心",据《宋元笔记小说大观·侯鲭录》(P.2075)改。
⑥ 镜　底本作"钟",据《宋元笔记小说大观·侯鲭录》(P.2076)改。
⑦ 问　底本作"闻",据《宋元笔记小说大观·侯鲭录》(P.2076)改。

消瘦损,玉容不见空传信。　　弃掷前欢俱未忍,岂料盟言,陡顿无凭准。地久天长终有尽,绵绵不似无穷恨。

原文见《侯鲭录》卷五。与元稹《会真记》合,先引一段原文,再系以词句。原文之末,加"奉劳歌伴,再和前声"两句。全文的最先有一短序,末尾有"逍遥子曰"的评语,此首尾两大段,并非元氏原文,系赵德麟所加。(《清平山堂①话本》中有《刎颈鸳鸯会》,格局与此同。)

其间,民间盛行之弹唱小说即系诗歌、小说、戏剧三者的合流。此种形式,至明代而变为弹词,弹词亦系用韵文的形式,夹叙散文,以叙说一个故事。如杨慎的《二十一史弹词》中之一段:

第三段　说秦汉

《临江仙》滚滚长江东逝水,浪花淘尽英雄。是非成败转头空。青山依旧在,几度夕阳红。　　白发渔樵江渚上,惯看秋月春风。一壶浊酒喜相逢。古今多少事,都付笑谈中。

诗曰:

战败兴亡古至今……

记得东周并入秦……

---

① 清平山堂　底本作"清山堂",明洪楩编印《清平山堂话本》卷三收《刎颈鸳鸯会》,据改。

剪雪裁冰诗有味,降龙伏虎事曾闻……春去春来人易老,花开花落可怜人。不如忙里偷闲好,再把新词①听一巡。

昨序说夏商周三代,到周赧王被秦昭王逼献国邑,旋灭东西周,而周亡。

秦之先,原姓②嬴氏……秦始王到汉献帝③,通共四百三十三年,中间覆雨翻云,几场兴废,谈论间不能细说,略将大概品题……

由上面看来,在我国,诗歌与小说的内容上,有着很多相关连的地方。吟诗,本是中国文士的一种习气,在小说里面,有许多重要的地方,借诗词来表达、暗示,这又是另一种形式的凑合,例如《水浒传》"智取生辰纲"一段中,便借吟诗以说明当时社会上两种不同阶级的不平:

赤日炎炎似火烧,稻田禾麦半枯焦。农夫心内如汤煮,公子王孙把扇摇。

---

① 词　底本作"闻",据《二十一史弹词注》(P.70)改。
② 姓　底本作"始",据《二十一史弹词注》(P.70)改。
③《二十一史弹词》此句原作:"秦始皇至汉献帝。"据《二十一史弹词注》(P.73)注。

第三节　小说与历史

小说与历史，有着同样的任务，那就是以客观的态度，对于现实的认识。小说的目的，是用几个在当时的人物典型以阐明那一时代社会情形，而历史呢，据梁启超的解释，乃在一个人之个性何以能扩充为一时代一集团之共性，与一时代一集团之共性，何以能寄现于一个人之个性。表现的方法虽有不同，而目的却是一致。再就古代的情形看来，在人类初有历史的时代，神话——小说的初形——即是历史。古印度的"剌马耶那"[①]与"摩诃波罗陀"[②]，巴比伦的"吉尔加美什与洪水"，希腊古代的"依利奥特"[③]与"奥特赛"[④]，都是神话，也都是最古的历史。王国维《古史新证》中说：

> 上古之事，传说与史实混而不分。史实之中，固不免有所缘饰，与传说无异，而传说亦往往有史实为之素地。二者不易区别，此世界各国之所同。

这种见解，非常有理。在中国，各种书籍上所记载的伏羲氏的面

---

① 剌马耶那　即《罗摩衍那》，印度古代大史诗。
② 摩诃波罗陀　即《摩诃婆罗多》，印度古代大史诗。
③ 依利奥特　即《伊利亚特》，古希腊荷马史诗之一。
④ 奥特赛　即《奥德赛》，古希腊荷马史诗之一。

貌，或称他蛇身人首（《史记·补三皇本纪》），或称他龙身牛首（《路史》），也有的说他是龟齿龙唇（《拾遗记》），也说他马口（范缜《神灭论》）。又如我国古史之中，有《穆天子传》一书，《隋书·经籍志》称晋太康二年得之于魏安釐王墓中，其中所载是周穆王驱八骏上天，遇西王母的故事。《简明目录》称："知当时委巷流传，有此杂记。旧史以其编纪日月，皆列起居注中；今改隶小说，以从其实。"汉应劭《风俗通》以此书为虞初小说之本，其实这时代小说与历史，并没有显著的界限。鲁迅云：

> 汉前之《燕丹子》，汉扬雄之《蜀王本纪》，赵晔之《吴越春秋》，袁康、吴平之《越绝书》等，虽本史实，并含异闻。

燕丹事亦见于张华《博物志》，盖亦本于古代之传说，所述的故事，亦荒诞不经。《博物志》"燕太子丹"条："燕太子丹质于秦，秦王遇之无礼，不得意，思欲归。请于秦王，王不听，谬言曰：'乌头白，马生角，乃可。'丹仰而叹，乌头即白；俯而嗟，马生角。秦王不得已而遣之，为机发①之桥，欲陷丹。丹驰驱过之，而桥不发。遁到关，关门不开，丹为鸡鸣，于是众鸡悉鸣，遂

---

① 发　底本作"站"，据《博物志校证》（P.95）改。

归。"即以正史而论,《春秋左氏传》中即多此种神话意味之史实,如庄公八年:

> 冬十二月,齐侯游于姑棼,遂田于贝丘,见大豕,从者曰:"公子彭生也。"公怒曰:"彭生敢见!"射之,豕人立而啼。公惧,队(同坠)于车。

又同书闵公二年:

> 成季之将生也,桓公使卜楚丘之父卜之。曰:"男也。其名曰友,在公之右,间于两社,为公室辅。季氏亡,则鲁不昌。"又筮之,遇大有之乾,曰:"同复于父,敬如君所。"及生,有文在其手,曰"友",遂以命之。

又同书昭公七年:

> 郑人相惊以伯有,曰"伯有至矣",则皆走,不知所往。铸[①]刑书之岁二月,或梦伯有介而行,曰:"壬子,余将杀带也。明年壬寅,余又将杀段也。"及壬子,驷带卒,国人益

---

① 铸 底本作"畴",据《春秋左传注》(修订本)(P.1291)改。

惧。齐、燕平之月，壬寅，公孙段卒，国人益惧。其明月①，子产立公孙泄及良止②（伯有之子）抚之，乃止。子大叔问其故，子产曰："鬼有所归，乃不为厉，吾为之归也。"

汉司马迁的《史记》之中，载古代帝王的诞生，也颇多神话式的史实。例如《殷本纪》："殷契，母曰简狄，有娀③氏之女。为帝喾次妃。三人行浴，见玄鸟堕其卵，简狄④取吞之，因孕生契。"《周本纪》："周后稷名弃，其母有邰氏女，曰姜原。姜原为帝喾元妃。姜原出野，见巨人迹，心忻然说，欲践之，践之而身动如孕者。居期而生子，以为不祥，弃之隘巷，马牛过者皆避不践；徙置之林中，适会山林多人，迁之；而弃渠中冰⑤上，飞鸟以其翼覆荐之。"《秦本纪》："秦之先，帝颛顼之苗裔孙，曰女修。女修织，玄鸟堕卵，女修吞之，生子大业⑥……大廉玄孙曰孟戏、中衍⑦，鸟身人言，帝太戊闻而卜之，使御，吉，遂致使御而妻之。"又《高祖本纪》："其先刘媪尝息大泽之陂，梦与神遇。是时雷电晦冥，太公往视，则见蛟龙于其上，已而有身，遂产高祖。"《汉

---

① 月　底本作"曰"，据《春秋左传注》（修订本）（P.1291）改。
② 良止　底本作"良子止"，据《春秋左传注》（修订本）（P.1291）改。
③ 娀　底本作"娥"，据《史记》（P.119）改。
④ 狄　底本脱，据《史记》（P.119）补。
⑤ 冰　底本作"水"，据《史记》（P.145）改。
⑥ 业　底本作"廉"，据《史记》（P.221）改。
⑦ 衍　底本作"行"，据《史记》（P.222）改。

书》以后，五行机祥之说甚行，二十五史中所载史实，均有神话传说厕杂于其中。

罗马时代史学者李维，他底作品中有浓厚的小说意味；希罗多德是最早把神话和史学分立的人，但他底名作《波希战争》①一书中，也保持着"依利奥特"和"奥特赛"的精神。在我国，《史记》的被后代批评者所惋惜的一点，便是觉得它文艺意味过重，而有妨于史学的真实性。所以历史作品除了内容有着小说意味之外，就文字的形态而论，也和小说合流。反过来说，一篇有价值的小说，它亦有它们本身历史的价值，如莎士比亚的作品，反映出中世纪封建制度的崩坏；如雨果、歌德的作品，反映出革命时期的社会情形；如巴尔扎克、佛洛贝尔、左拉、莫泊三、托尔斯泰等的作品，反映了资本主义社会内在的矛盾。当这矛盾再深刻化了的时候，便有了"颓废""唯美"的小说。第一次大战以后，新的现实又产生了高尔基、巴比塞、罗曼·罗兰等新写实主义的小说。在中国，魏晋的鬼怪小说和《世说新语》，反映出那时社会上的动乱和文人逃避现实、厌恶现实的风气；唐代传奇，反映出当时藩镇之乱与当时重门阀而不重文人行节的风气；由于清代政府的压迫与腐败，遂有反映当时社会风气的《镜花缘》与《儒林外史》等小说的发生。每一部伟大的小

---

① 《波希战争》 即《希波战争史》。

说，其中的人物个性，像历史一样地把当时的社会形态刻画了出来。

但是它们的关系虽如此密切，它们的目的虽则是相同，但在表现的态度上则有不同的地方。欧洲文艺复兴之后，史学已脱离了文学的范畴而树立一个新的规模了。那是以科学的立场来建立史学的，如马克思以生产力与生产关系的经济变动来解释历史，于是历史便属于社会科学的一部分，而小说则属于文艺的范围了。前者以客观的态度来报告事实的真相，是说明的、直述的；而小说则以主观的感情来暗示一种事实，是使人感动的，暗示的。如《水浒传》的故事，正史所载，异常简单：

> 淮南盗宋江等犯淮阳军，遣将讨捕，又犯京东①、河北②，入楚、海州界，命知州张叔夜招降之。（《宋史》二十二）
>
> 宋江寇京东，蒙上书言："宋江以三十六人横行齐③、魏，官军数万，无敢④抗者……不若赦江，使讨方腊以自赎。"（《宋史》三百五十一《侯蒙传》）

在现代，小说与历史，已分成为两种学科。古代人称"小说"

---

① 京东　底本作"东京"，据《宋史》（P.407）改。
② 河北　底本作"江北"，据《宋史》（P.407）改。
③ 齐　底本作"于"，据《宋史》（P.11114）改。
④ 敢　底本作"叛"，据《宋史》（P.11114）改。

为"稗史",以为它是历史的支流,其实也不无理由。孔子称为"虽小道,必有可观",故得附于历史,流传到如今。

第四节 时代、地域与文章

王国维称"一代有一代之文学",袁中郎论文亦有是说。明邱濬之论文,黄遵宪之作诗,均有此见解。不特诗文如是,小说亦如是,每一时代作品形式内容的变化,因社会环境的不同,而有着不同的形态,而每一时代的小说,又反映着当时社会风尚和社会制度的动态。鲁迅《中国小说史略》论中国小说所以发生之原因云:

> 昔者初民,见天地万物,变异不常,其诸现象,又出于人力所能以上,则自造众说以解释之;凡所解释,今谓之神话。神话大抵以一"神格"为中枢,又推演为叙说,而于所叙说之神之事,又从而信仰敬畏之,于是歌颂其威灵,致美于坛庙,久而愈进,文物遂繁……迨神话演进,则为中枢者渐近人性,凡所叙述,今谓之传说。

又论六朝鬼神志怪之小说云:

小说撷要

中国本信①巫，秦汉以来，神仙之说盛行，汉末又大畅巫风，而鬼道愈炽。会②小乘佛教亦入中土，渐见流传。凡此，皆张皇鬼神，称道灵异。故自晋迄隋，特多鬼神志怪之书。

又如宋代话本的兴盛，当源于"说话"的流行，宋代说话的流行，一为承受唐代佛教说佛经的影响，二由于当时帝王的爱听故事。因而宋代以后的小说故事，亦常托言发生于宋代。

至于小说中的显示当代之风尚的，亦不乏其例。《金瓶梅》一书，实足以显示明代好丹药、房中、羽书、释教之风尚。《明史·佞倖传》：

> 宪宗之世，李孜省、僧继晓以祈祷被宠……而一时方士如陶仲文、邵元节③、蓝道行之辈，纷纷并进。

又《继晓传》：

> 继晓，江夏僧也，宪宗时以秘术因梁芳进，授僧录司左觉义④。

---

① 信　底本作"性"，据《中国小说史略》（P.45）改。
② 会　底本脱，据《中国小说史略》（P.45）补。
③ 节　底本作"郎"，据《明史》（P.7875）改。
④ 左觉义　底本作"空"，据《明史》（P.7884）改。

又《钱宁传》:

> 引乐工臧贤、回回人于永及诸番僧,以秘戏进。请于禁内建豹房、新寺,恣声伎为乐,复诱①帝微行。帝在豹房,常醉枕宁卧。百②官候朝至晡,莫得帝起居,密伺宁,宁来,则知驾将出矣。

又《邵元节传》:

> 邵元节,贵溪③人,龙虎山上清宫道士也……嘉靖三年征④元节入京,见于便殿,大加宠信。

又《王金⑤传》:

> ……思所以动帝,乃与世文及陶世恩、陶仿、刘文彬、高守中伪造《诸品仙方》《养老新书》《七元天禽护国兵策》,与所制金石药并进,其方诡秘不可辨⑥。

---

① 诱 底本作"诺",据《明史》(P.7891)改。
② 百 底本作"有",据《明史》(P.7891)改。
③ 溪 底本作"汉",据《明史》(P.7894)改。
④ 征 底本作"彻",据《明史》(P.7894)改。
⑤ 王金 底本作"陶仲文",据《明史》(P.7900)改。
⑥ 辨 底本作"辨性",据《明史》(P.7902)改。

又《顾可学传》:

> 自言能炼童男童女溲①为秋石,服之延年……拜工部尚书。

又如清代狭邪小说,亦足以显示清代文人的风尚。《中国小说史略》称:"唐人登科之后,多作冶游,习俗相沿②,以为佳话……文人间亦著之篇章……自明及清,作者尤夥……然大率杂事琐闻,并无条贯,不过偶弄笔墨,聊遣绮怀而已……清初,伶人之焰始稍衰,后复炽,渐乃愈益猥劣,称为'像姑',流品比于倡女矣。"又如《水浒传》本百回,自洪太尉故事至宋江受招安止。金圣叹割去下截,至于卢俊义的惊梦。因为金氏生于明末流寇猖狂之际,以为诲盗之风不可长,故以己意割裂原书。至清,世异情迁,故又有取《水浒传》六十七回至结尾,另成《征四寇》一书;后有陈忱的《水浒后传》四十回,续以李俊为暹罗国王的故事。而从征瑶民之变的俞万春,则以自己的立场作《荡寇志》,这不但是时代的关系,而且是作者环境的关系了。俞平伯《小说谈》中也说:

---

① 溲 底本脱,据《明史》(P.7902)补。
② 沿 底本作"尚",据《中国小说史略》(P.264)改。

第一章　小说的领域及其本质

《水浒传》的故事，本是北宋之大盗，但在南宋，则因中原沦落，想望草泽英雄，遂变盗贼为忠义，而有招安平寇之说。明初因杀戮功臣，于是宋江等功成被害，大发牢骚。清初又苦流寇久，重新又把张叔夜请来杀强盗而天下太平。

除了时代关系以外，复有其地域的关系。小说不特表现了它的时代，也表现它底地域。如《水浒传》中多用元代的口语，所写的地域在山东、河南一带，也在"雷横枷打白秀英"一节中为我们后人记述了当时院本演出的情形；《儿女英雄传》全写北方人的生活习惯及口语；《海上花列传》全用吴语写苏州的一切风尚；《红楼梦》所记的地点在南京，也有许多本地风光的穿插。这一种"地方色彩"足以增加小说的真实的趣味，因为人物和环境的关系是很密切的。Irvin Cobb 的 *Local Color* 中说得好：

> 这也是文艺界中的一种神秘现象，就是无论怎样老练的作者，总不能够去把他不热恋的事情有声有色地写出来。我们假定有一个人渴望要去写一篇涉及非洲北部景物的小说，为准备这个工作起见，他也许先去读了一百册涉及非洲北部的书籍，例如关于那里的土壤、气候、居民及各种特点等。他也许对于非洲北部的文学已经有了充分的研究，然后他才坐下来写他的

小说。就算他是个老练的作者,就算他①那篇小说写得确乎不错,就算他的描写是有力的,他底语句是明了的,技术是准确的——可是那篇小说终不免缺少一种所谓逼真性(Plausibility),读者仍觉得这位作者并不曾亲眼看见过非洲北部的情状,或是曾用他自己的鼻孔去呼吸过那里的空气。

小说之艺术价值,即在乎描写,人物尤为小说中最主要之因子。我国六朝以前之小说,大都缺乏这种描写,故虽称之为小说,实有未当。其后渐渐进步,于人物外形个性及环境之写述较详,因为此不特与人物性格之发展有关,而与故事之进行关系亦大。故除时代、地域之外,尚得注意小说人物、环境之写述。

文言文的小说,大抵以词章为尚,但其极致,对于人物个性之刻画及环境之描写等,均留意及之,自章回小说行,则更形进步,今试约述其写述的情形:

(甲)关于人物的写述

(1)写述人物仪态:写述人物的仪态,唐代传奇已有此种现象。如牛僧孺《周秦行纪》中写戚夫人"狭腰长面,多发不妆,衣青衣,仅可二十许",写王嫱"圆题柔脸稳身,貌舒态逸,光彩射远近,时时好颦,多服花绣",写潘妃"厚肌敏视,身小,材质

---

① 底本"他"下衍"是",据文意删。

洁白，齿极卑"。沈亚之《异梦录》："梦一美人，自西榅来，环步从容，执卷且吟。为古妆，而高鬟长眉，衣方领，绣带修绅，披广袖之襦。"宋人话本则更较进步，但亦不过加上更纤巧细腻的形容罢了。及至章回小说，益有进步，如《三国演义》写关羽之勇及其丰采，则更动人。"众视之，见其人身长九尺五寸，髯长一尺八寸，丹凤眼，卧蚕眉，面如重枣，声似巨钟……"《隋唐演义》之写杨妃，以一曲《黄莺儿》记之："皎皎如玉，光嫩如莹，体愈香，云鬟慵整偏娇样。罗裙厌长，轻衫取凉，晚风小立神骀宕。细端详，芙蓉出水，不及美人妆。"而吴敬梓《儒林外史》写的更好，如"马二先生身子又长，戴一顶高方巾，一幅乌黑的脸，腆着个肚子，穿一双厚底破靴，横着身子乱跑，只管在人窝子里撞，女人也不看他，他也不看女人……"

小说中描写人物的外貌，最拙劣的写法，是"睨之，天人也"一类含糊的话。其次，是一大堆直述式的记叙，即如前者以《黄莺儿》一阕记人物的面貌，也并不是最好的办法。《水浒传》等写人物面貌，插在动作与对话中，不经意地将人物的特殊外表传达出来，那才是最艺术的写法。《镜花缘》中借林之洋的眼，来描述女儿国人的姿态，这方法也比普通由作者直述的更为生动：

那边有个小户人家，门内坐着一个中年妇人，一头青丝黑发，油搭的雪亮，真可滑倒苍蝇；头上梳一盘龙鬏儿，鬓旁许多珠翠，真是耀花人眼睛。耳坠八宝金环，身穿玫瑰紫的长衫，下穿葱绿裙儿，裙下露有小小金莲，穿一双大红绣鞋，刚刚只得三寸。伸着一双玉手，十指尖尖，在那里绣花。一双盈盈秀目，两道高高蛾眉，面上许多脂粉。再朝嘴上一看，原来一部胡须，是个络腮胡子。

又如《红楼梦》写凤姐的外貌：

（黛玉）心下想时，只见一群媳妇丫环，拥①着一个丽人，从后房进来。这个人打扮与姑娘们不同，彩绣辉煌，恍若神妃仙子，头上戴着金丝八宝攒珠髻，绾着朝阳五凤挂珠钗，项上戴着赤金盘螭璎珞圈，身上穿着缕金百蝶穿花②大红云缎窄裉③袄，外罩五彩刻丝石青银鼠褂，下着翡翠撒花洋绉裙。一双丹凤三角眼，两弯柳叶掉梢眉；身量苗条，体

---

① 拥　底本作"挤"，据《程乙本红楼梦》（第三回第5叶A面）改。《红楼梦》存世版本较多，此番整理，对勘《程乙本红楼梦》《戚蓼生序本石头记》《脂砚斋重评石头记》等，旁及鲁迅先生《中国小说史略》转引，不同版本文字存在差异。蒋先生所依版本不详，不宜揣测，且先生引用《红楼梦》，目的不在考证文本，而在佐助论述。故不影响文意的文字差异，均不备校，以保留原稿面貌。本书所引《三国演义》《水浒传》《西游记》等文献的整理与校勘，亦遵照此原则。

② 花　底本作"物"，据《程乙本红楼梦》（第三回第5叶A面）改。

③ 裉　底本作"背"，据《程乙本红楼梦》（第三回第5叶A面）改。

格风骚，粉面含春威不露，丹唇未启①笑先闻。

写宝玉：

> ……面若中秋之月，色如春晓之花，鬓若刀裁，眉如墨画，鼻如悬胆，眼似秋波。虽怒时而似笑，即瞋视而有情。项上金螭缨络，又有一根五色丝绦，系着一块美玉。

（2）写人物的性情：写人物的个性，一如写述外表，最普通的写法，是由作者来一段文字来介绍。唐代传奇于此不甚注意，仅只随便带着一二笔，如《莺莺传》的开端："贞元中有张生者，性温茂，美风容，内秉坚孤，非礼不可入。"《三国演义》写人忠勇，即用陪衬的方法，如第九回②写关羽斩华雄而以营旅中之观点来写述：

> 阶下一人大呼出曰："小将愿往，斩华雄头献于帐下。"众视之……关某曰："如不胜，请斩我头。"操教酾热酒一杯，与关某饮了上马。关某曰："酒且斟下，某去便来。"出帐提

---

① 启 底本作"语"，据《程乙本红楼梦》（第三回第5叶A面）改。
② 作者所用为嘉靖本《三国志通俗演义》，此本不分回，全书二百四十节，此所谓"第九回"即第九节《曹操起兵伐董卓》，相当于后来通行一百二十回本《三国演义》第五回《发矫诏诸镇应曹公 破关兵三英战吕布》。

刀，飞身上马。众诸侯听得寨外鼓声大震，喊声大举，如天摧地塌，岳撼山崩。众皆大惊，却欲①探听，鸾铃响处，马到中军，云长提华雄之头掷于地上，其酒尚温。

写个性，常求助于对话及动作。在对话与动作中所表现的个性，最具体而使读者有深刻的印象，《水浒传》中写鲁达的鲁莽，即常用上述方法以显示。如：

智深走到面前，那和尚吃了一惊……智深提着禅杖道："你这两个，如何把寺来废了？"那和尚便道："师兄请坐，听小僧……"智深睁着圆眼道："你说，你说！"

又如《儒林外史》写严贡生之个性，不着一字批评，而吝啬好夸的儒者本色，如见其人。而《红楼梦》于此更尽细腻周详之致。如写林黛玉之性情，在第八回中，宝钗劝宝玉别吃冷酒，黛玉就借紫鹃讥雪雁送手炉的时候说："也亏了你，倒听他的话！我平日和你说的全当耳边风，怎么他说了你就依，比圣旨还快呢！"第二十二回中，贾母为宝钗庆生日，定了一班戏，宝玉②问黛玉爱

---

① 欲 底本作"说"，据《三国志通俗演义》（P.47）改。
② 宝玉 底本作"宝钗"，《红楼梦》各本均作"宝玉"，据《程乙本红楼梦》（第二十二回第3叶A面）改。

看什么好去点。黛玉冷笑说:"你既这么说,你就特叫一班戏,拣我爱的唱给我听,这会子犯不上借着光儿问我。"在三十四回中,宝玉挨打以后,宝钗因与薛蟠吵斗,哭了一夜,第二日遇见黛玉,黛玉道:"姐姐也自己保重些儿,就是哭出两缸泪来①,也医不好棒疮!"她那善妒、冷僻、固执的性格,就很显明了。其实《红楼梦》三十二回以前,林黛玉对宝玉处处是试探,嫉妒他与别的姑娘来往,自从第三十二回桥边对话之后,才放了心,于是一改其尖酸的态度。因为自此她对宝玉的心事有了信任,所以一切态度也变了。所以对宝钗的一切行为,都有好意的看法,在那次看到以后,二人得了会心的和解。这些性情与感情上的变化,都是在琐屑的事情上表达的。

关于人物仪态与个性之表现,间接以他人的言语,以此人物之谈吐及动作来表达,较之由作者直接记叙为有力。而人物之安排,除有典型性外,必须保持此人物一贯之个性。如《红楼梦》中妙玉之洁癖、林黛玉之尖酸,《水浒传》中李逵与鲁达虽同一典性而个性不同。此即《水浒》《红楼梦》之所以卓绝一世的价值。胡应麟《少室山房笔丛》称《水浒传》:"至其排比一百八人,分量重轻,铢毫不爽,而中间抑扬映带、回护咏叹之工,真有超出言语之外者。"近人评《红楼梦》:

---

① 来 底本作"水",据《程乙本红楼梦》(第三十四回第13叶B面)改。

小说■要

> 曹雪芹描写人物的目的，在给人物一种个性，既①不誉彼而贬此，也不抑此而扬彼。因内心的不同，形之于外，即令最细致之室内陈设，也因之而异。你瞧探春的住室："探春素喜阔朗②，这三间房子并不曾断隔；当地放着一张花梨③大理石案……"……宝钗不喜欢花粉，一味贞静朴素，所以她的住室是："进了房屋，雪洞一般，一色的玩器全无，案上只有一个土定④瓶，中供着数枝菊花，并两部书，茶杯而已。床上只吊⑤着青纱帐幔，衾褥也十分朴素。"（李辰冬《红楼梦研究》）

这关系便又牵涉到环境问题了。

（乙）环境的描写

环境的安排，正如戏剧的背景，足以促使故事的发展，并可以加强故事的感染力的。人物的性情，亦可因环境而表现。美国小说批评者哈密尔顿（Clayton Hamilton），在所著的 *Materials and Methods of Fiction* 中以为环境和动作有相互的关系，有

---

① 既 底本作"现"，据《红楼梦研究》（P.90）改。
② 朗 底本作"明"，据《红楼梦研究》（P.91）改。
③ 花梨 底本及《红楼梦研究》作"梨花"，然《红楼梦》各本均作"花梨"，据《程乙本红楼梦》（第四十回第10叶B面）改。
④ 定 底本及《红楼梦研究》作"空"，据《程乙本红楼梦》（第四十回第12叶B面）改。
⑤ 吊 底本作"印"，据《红楼梦研究》（P.91）改。

第一章 小说的领域及其本质

助于人物性情之发展，并且与人物的感情相融合。司蒂文孙（Stevenson）在他底"Gossip on Romance"中称："小说是环境的诗。"左拉（Zola）也说，环境的作用，有时可以操纵人物且能完成人物之个性。我们日常生活中，所谓"触景生情"者，到处皆是，但在如何环境中，易有如何的感情与动作，这才要作者们所费心安排的了。

环境的描述，分普通环境与特殊环境两种。普通环境即在平常的背景之描写。如《五代史平话》中写高岭：

> 好座高岭！是根盘地角，顶接天涯。苍苍老桧拂长空，挺挺孤松侵碧汉。山雉共日鸡齐斗，天河与涧水接流。飞泉飘雨脚廉纤，怪石与云头相轧。怎见得高？几年擷①下一樵夫，至今未曾擷到底。

又写庄舍：

> 好座庄舍！但见石葱闲云，山连溪水。堤边垂柳，弄风袅袅拂溪桥；路②畔闲花，映日丛丛遮野渡。

---

① 擷 底本作"掷"，据《新编五代史平话·新编五代梁史平话》（P.11）改。下文径改。
② 路 底本作"洺"，据《新编五代史平话·新编五代梁史平话》（P.11）改。

小说慗要

又如《红楼梦》中之大观园：

> 贾母少歇一回，自然①领着刘老老见识见识，先到了潇湘馆，一进门，只见翠竹夹路，土地下苍苔布满，中间羊肠一条石子铺的路……向紫菱②洲蓼溆③一带走来……一同进了蘅芜苑④，只觉得异香扑鼻，那些奇草仙藤，愈冷愈苍翠，都结了实，似珊瑚豆子一般，累垂可爱……一径来至缀锦阁……一时来至省亲别墅的牌坊底下……再找了半日，忽见一带竹篱……得了一个月洞门进去，只见迎面一带水池，只有七八尺宽，石头砌岸，里面碧波清水，流往那边去了……一转身，方得了一个小门，门上挂着葱绿洒花软帘。刘老老掀帘进去，抬头一看，只见四面墙壁，玲珑剔透，琴剑瓶炉，皆贴在墙上；锦笼纱罩，金彩珠光，连地下踏的砖，皆是碧绿的凿花，竟越发把眼花了……因问道："这是那个小姐的卧房，这样精致，我就像到了天宫里的一样。"袭人微微笑道："这个么，是宝二爷的卧室。"……

---

① 然　底本作"己"，据《程乙本红楼梦》（第四十回第3叶A面）改。
② 菱　底本作"忧"，据《程乙本红楼梦》（第四十回第6叶B面）改。
③ 溆　底本作"淑"，据《程乙本红楼梦》（第四十回第6叶B面）改。
④ 蘅芜苑　底本作"芜蘅院"，据《程乙本红楼梦》（第四十回第12叶B面）改。

这是特殊环境的写述，与故事发展有直接间接之关系。《红楼梦》中借刘老老来述说大观园的一切位置风景及陈设，均为后文故事先述一图样，有了这样写述，谁住在什么地方，谁的屋子跟谁的接近，而其中又有些什么景物，读者便可了然，以后在各地发生的故事，读者便有方位上的观念。《镜花缘》中所记均系各地特异的风俗，环境上自不得不加意描画。《水浒传》写黄泥岗之险，有助于吴用七人劫夺财物的方便；写僧寺菜园大树之高，足以证明鲁达的勇伟；林冲被贬，因为有草料场的环境，故陆虞候得用放火的计策，而天下大雪，这环境巧合使林冲得了性命。凡此种种均与故事的发展有直接的关系，所以作者毫不忽略地加以描写。

又有一种特殊环境的描写，用以加强对于人物之印象。小说中重要人物第一次介绍与读者见面的时、地很有关系，《水浒传》及《红楼梦》对于这种写法，颇值得研究。如《水浒传》中第一次介绍鲁达、林冲，其时、地均是非常的恰当。《红楼梦》中宝玉、凤姐的出场之姿态，亦足以表示其个性；又上半府邸之华丽，下半门庭之冷落，均足以反映故事中的热闹和凄苦的。

写述背景足以加强故事的感染性的，在《镜花缘》中，则常用之以增加可笑的资料，而《红楼梦》则用以增加悲伤之情。如女儿国的改男作女，君子国的酒保调文，两面国的会变的脸，均是加强其形容而使读者有趣。《红楼梦》是带有忧伤成分的故事，故写述最凄凉的故事情节时，常用陪衬或同样印象的场面来增加悲伤的背景。如写林黛玉之病危,便故意用一个相反的场面——宝钗与宝玉的结婚来陪衬,以作对照。九十八回中写黛玉之死,后面又淡淡地着了几笔背景:

> 一时,大家痛哭了一阵,只听得远远一阵音乐之声,侧耳一听,却又没有了。探春、李纨走出院外再听时,惟有竹梢风动,月影移墙,好不凄凉冷淡……

第二章

中国小说之源流及其形态

我国小说,起源于神话,六朝志怪全为记述文,小说之形态未曾完备,至唐代始有较完整之形式,此为中国小说进化之第一期。自白话小说行于宋代,至元明清而章回小说乃大盛,小说至此遂为文艺之独立形式,此中国小说进化之第[①]二期。迨新文艺运动以后,因受外国小说影响而有新的作风,此为中国小说进化的第三期。

传奇小说虽盛于唐,但渊源于六朝;白话小说虽盛于明清,而实渊源于唐末宋代;新文艺运动昌行于民国,而实渊源于唐宋明清,而受西洋文学之刺激。故每代有每代之文体,诚如焦循所说:

---

① 第　底本脱,据文意补。

一代有一代之所胜,舍其所胜,以就其所不胜,皆寄人篱下者耳。(《易馀籥录》)

张世禄述中国文艺变迁之痕迹云:

(一)社会一切事物之进化,以渐不以顿;文艺亦不能出此例外。凡旧文艺正发达时,新文艺必早已潜伏萌芽发动之机,常有新文艺已发展成熟①,而旧文艺尚未完全衰退者……宋代词最发达,而当时已具有明清小说之萌芽;元明之际,戏曲正盛行,而小说之发展亦已告成熟。

(二)凡一种文艺变为他种时,其间常又发生一种过渡物。新旧之交②替,既以③渐不以顿,故其蜕变时,当发生介乎两者间之过渡物,其物有旧文艺之特质,而亦兼具新文艺之要素……弹词小说,实明清传奇与章回小说之沟通媒介。

(三)凡一种新文艺之发生,必包含承受多种旧文艺之要素……小说为纪事体,然于诗歌词赋等体,亦无所不包。

(四)凡一种文艺之出现,实为后来产生种种新文艺之因缘。后来新文艺既必包含其前种种旧文艺之要素,故一种

---

① 熟 底本作"然",据《中国文艺变迁论》(P.9)改。
② 交 底本作"受",据《中国文艺变迁论》(P.10)改。
③ 以 底本作"所",据《中国文艺变迁论》(P.10)改。

第二章 中国小说之源流及其形态

文艺之出现，后于此者，无论直接或间接，多少必受其影响。例如《楚辞》为汉赋之渊源，人知之矣，而其《天问》《九歌》诸篇，实开后来神怪小说之先河；汉魏六朝之叙事诗，为后来杜甫白居易诸人之所本，人知之矣，而其诗中描摹各人之口吻，实又为元明戏曲小说之鼻祖。

（五）凡一种文艺由生长而成熟而衰退①，其形式必日趋扩大而渐形②固定，其格律必日趋于细密，其工力必日就于技巧……当其生长力衰退时，形式必已固定。一般从事于斯者，既无以超越前人，惟向形迹中求之……而其文艺之气运，至是遂告终极……小说由短篇而长篇、章回，形式之扩大也，近人已厌其板滞，思有以变化之矣。

又称外界之影响，亦足使它起了变化。而所谓外界之影响是时代、民族、地理、政俗、语音③、文字、音乐……此论甚为精确。中国小说之起源与演变，实可于此公例中求之。

中国小说史的著作虽不甚多，但鲁迅《中国小说史略》已能赅要周详，故不再就每一名著加以评述。本章仅述举其进化中的几个重要阶段，以作概括的论述。

---

① 而衰退　底本脱，据《中国文艺变迁论》（P.11）补。
② 形　底本作"定"，据《中国文艺变迁论》（P.11）改。
③ 音　底本作"言"，据《中国文艺变迁论》（P.13）改。

第一节　中国小说名称与涵义之商榷

"小说"这名词,最早见于《庄子·外物篇》:"饰小说以干县令。"这里所称"小说",并不是一个普通名词——不是一个词语,乃是"卑微琐屑之言"的意思。《荀子》也说:

> 故智者论道而已矣,小家珍说之所愿皆衰矣。

所谓"小家珍说",也就是庄子所称的小说。"小家珍说""小说"是和"大道"相对而言的,大道是治国平天下的宏论,而小说则是街谈巷语之辞。《昭明文选》注引桓谭《新论》:

> 小说家合丛残小语①,近取譬论②,以作短书,治身理家,有可观之辞。

则当时颇以纵横家之说为小说,实则诸子之说中的传说寓言,即是小说的雏③形。《庄子》中的《说剑》,《韩非子》中的《说难》

---

① 丛残小语　底本作"残丛语",据《新辑本桓谭新论》(P.1)改。
② 论　底本作"喻",据《新辑本桓谭新论》(P.1)改。
③ 雏　底本作"刍",据文意改。

《内储说》《外储说》,《淮南子》中的《说山》《说林》,均以"说"字名篇,也是这意思。

小说之成为一个固定的词语,始于班固的《汉书·艺文志·诸子略》中,《诸子略》载小说十五家千三百八十篇,序云:

> 小说家者流,盖出于稗官,街谈巷语、道听涂说者之所造也。孔子曰:"虽小道,必有可观者焉,致远恐泥。是以君子弗为也。"然亦弗灭也。闾里小知者之所及,亦使缀而不忘,如或一言可采,此亦刍荛狂夫之议也。

孔子所称之"小道"亦即小家珍说之谓。故班氏亦称为"闾里小知者之所及""刍荛狂夫之议"。以后史官对于"小说"一词的见解,大都一如班氏。《隋书·经籍志》:"小说者,街谈巷语之所说也。"[①]《旧唐书·经籍志》:"以纪刍辞舆诵。"均以为是琐屑卑微之言,不登大雅的东西。

至梁殷芸始沿旧说而以"小说"两字冠其书。书凡三十卷,今已亡佚,仅见于《说郛》《太平广记》《海录碎事》《绀珠集》《续谈助》《太平御览》等书中,鲁迅《古小说钩沉》曾辑得

---

① 《隋书·经籍志》此句原作:"小说者,街说巷语之说也。"据《隋书》(P.1012)注。

一百三十二则。此书所述大抵是前①人掌故及怪异等事，但亦杂入论学之语。而所记前人事，大抵均有所本，故作者亦以为卑琐而以"小说"名其书。自此"小说"始成为一词，而是一书的专称。敦煌千佛洞中发现之唐代俗文，有《秋胡小说》一种，亦以"小说"为书名。宋代《京本通俗小说》亦因袭其名称。因为唐末以"小说"为"说话"之一科，故凡话本亦称之为小说。孟元老《东京梦华录》"京瓦伎艺"条载宋人说话类，其中有"小说"一种。耐得翁《都城纪胜》、吴自牧《梦粱录》所记均同。并且分"小说"为"烟粉""灵怪""传奇"三种。故郎瑛《七修类稿》称"小说起于宋仁宗"，盖指当时的话本而言。

综上所述，中国古代对于"小说"一词，本无固定的范畴。殷芸以笔记为"小说"，唐人以传奇为"小说"，宋人以话本为"小说"，后代并称长篇、章回为"章回小说"，而且对于"小说"之观念，仍本古代"小家珍说"之意，故作者往往不愿以真姓氏告人而署之别号。《水浒传》《西游记》《金瓶梅》《三国演义》《红楼梦》《儒林外史》等等均不录真名，以为文人作此小道，有损士行。此种观念，在各书序文中均可看到，兹举《水浒传·序》为例（此文或云系金圣叹伪作）：

---

① 前　底本脱，据文意补。

第二章 中国小说之源流及其形态

吾友来，亦不便饮酒，欲饮则饮，欲止先①止，各随其心，不以酒为乐，以谈为乐也。吾友谈不及朝廷，非但安分，亦以路遥，传闻为多。传闻之言无实，无实即唐丧唾津②矣。亦不及人过失者，天下之人本无过失，不应吾诋诬之也。所发之言不求惊人，人亦不惊，未尝不欲人解，而人卒亦不能解者，事在性情之际，世人多忙，未曾尝闻也。

"传闻之言无实，无实即唐丧唾津"，即是传统的对小说的见解。下面更述及其整理《水浒传》系"戏墨"的目的：

吾友既皆绣③淡通阔之士，其所发明，四方可遇。然而每日言毕即休，无人记录。有时亦思集成一书，用赠后人，而至今阙如者：名心既尽，其心多懒，一；微言求乐，著书心苦，二；身死之后，无能读人，三；今年所作，明年必悔，四也。是《水浒传》七十一卷，则吾友散后，灯下戏墨为多，风雨甚，无人来之时半之。然而经营于心，久而成习，不必伸纸执笔，然后发挥。盖薄暮篱落之下，五更卧被④之中，

---

① 先 底本作"则"，据《第五才子书施耐庵水浒传》（P.39）改。
② 唾津 底本作"津唾"，据《第五才子书施耐庵水浒传》（P.39）改。下文径改。
③ 绣 底本作"萧"，据《第五才子书施耐庵水浒传》（P.39）改。
④ 被 底本作"病"，据《第五才子书施耐庵水浒传》（P.39）改。

垂首拈带、睇目观物之际，皆有所遇矣。

或若①问：言既已未尝集为一书，云何独有此传？成之无名，不成无损，一；心闲试弄，舒②卷自恣③，二；无贤无愚，无不能读，三；文章得失，小不足悔，四也。

又云："但取今日以示吾友，吾友读之而乐，斯亦足耳。"均足以代表一般作小说者"消闲"的态度。

直至清代林纾尚有此种传统的观念，他的译述，并不认为是严肃的工作，而以消遣的态度出之。他在《鹰梯小豪杰》译本序云：

余笃老无事，日以译著自娱，而又不解西文，则觅二三同志，取西文口述，余为之笔译。或喜或愕，一时颜色无定，似书中之人即吾亲切之戚畹；遇难为悲，得志为喜，则吾身直一傀儡，而著书者为我牵丝矣。

梁启超办《新小说》杂志，其对小说之观念，可以在他那一篇《论小说与群治之关系》中看出来，而新小说内容大都是政治

---

① 若　底本作"者"，据《第五才子书施耐庵水浒传》(P.39)改。
② 舒　底本作"录"，据《第五才子书施耐庵水浒传》(P.39)改。
③ 恣　底本作"若"，据《第五才子书施耐庵水浒传》(P.39)改。

小说。梁氏为戊戌政变的主要人物，故能一反古代对于小说的见解，这是梁氏对于新文化运动的功绩，也是对于中国小说改变观念的一种功绩。

梁氏以前，中国"小说"一词的本义，乃是不足观的小道的意思。梁氏所提倡的，也只是一种政治上的应用，其涵义与现代的"Short story"和"Novel"不同。将"小说"给以准确的定义，那是在新文化运动成熟以后的时候。

第二节　神话与传说

"神话"（Mythos）与"传说"（Sagas）虽是同类的东西，但两者之中，也有其不同。神话是以"神"为故事的中心的，传说以"人"为故事的中心。前者完全出于想象，而后者当初多少有些以一种史实或时事作为根据，但相传既久，故事的内容也渐渐有了改变。"传说"亦称为"英雄的神话"（Hero-Myth），是神话进步为小说题材的必经的过程。所以我们可以断定，先有神话，再由神话逐渐进步而为"传说"。《列子·汤问》篇有这样一段故事：

> 天地，亦物也。物有不足，故昔者女娲氏练五色石以补其阙，断鳌之足以立四极。其后共工氏与颛顼争为帝，怒而

> 触不周之山，折天柱，绝地维，故天倾西北，日月星辰就焉；地不满东南，故百川水潦归焉。

这里面记载"女娲氏练石补天"和"共工倾天覆地"的神话。这是"神"的故事，是解释天地的创始与我国地势所以西北高而东南低的原因。这是"神话"。又如《淮南子·本经训》中的：

> 尧之时，十日并出，焦禾稼，杀草木，而民无所食。猰㺄、凿齿、九婴、大①风、封豨、修蛇，皆为民害。尧乃使羿……上射十日而下杀猰㺄……万民皆喜，置尧以为天子。

这故事中的"尧"已是可以崇敬的英雄，他是人而不是神，这是一种"传说"，也可以说是神话式的传说——由神化而进步至人化，由完全想象而渐及现实的生活，由简短的记述而至于细腻的描写，这是从神话到小说的路线。

神话的发生，远在人类有文字记载之前。原始人类，对于一切自然环境，都怀着诧异的心情，于是时时用他们的想象之力以探索这浩渺宇宙间的许多现象，于是便有了神话。人类学者承认神话是原始人类的心理状态和社会状态的反映（Myth is the

---

① 大 底本作"士"，据《淮南子集释》（P.574）改。

reflection of mental and social condition of the savages），这种说法增加了后人研究神话的兴趣。格莱（Charles Mills Gayley）在他底 Classic Myth in English literature 一书中论及神话的来源说："神话是孕育而成的，并不是制作而成的。它们是一个民族的幼稚时代产生出来的。神话中的人物，不是由于个人的编造，乃由几个世代的说故事者的想象力构成的。"安特鲁兰（Andrew Lang）①也说：

> 有很多的神话，可以说是人类所公有的，它们是初民心理的粗率的产物，尚未染种族分化与文明分化的特色。这种神话，在未受教化的原人中，随在都可以发生，并且在在皆可以遗留于开化以后的文学中。

韦尔斯（Herbert George Wells）的《世界史纲》："人类神话中，以一事再三发现者有之，新石器人，敬蛇至诚恳，对于太阳，亦甚注意，凡新石器人之教化所至，几无处不以日、蛇为装饰之质，或崇拜之物。"我国古代传说中关于"蛇"的记载，如上例《淮南》所举"修蛇"即是一例。其后历史中所载妖异之中，亦多述及"蟒"的故事，最有名的，当为"汉高祖斩蛇"的传说，

---

① 安特鲁兰 即英国文学家安德鲁·朗格，编有《朗格童话》。

见于《汉书》：

> 高祖被酒，夜径①泽中，令一人行前。行前者还报曰："前有大蛇当径，愿还。"高祖醉，曰："壮士行②，何畏！"乃前，拔剑斩蛇。蛇分为两，道开。行数里，醉因③卧。后人来至蛇所，有一老妪夜哭。人问妪何哭，妪曰："人杀吾子。"人曰："妪子何为见杀？"妪曰："吾子，白帝子也，化为蛇，当道，今者赤帝子斩之，故哭。"人乃以妪为不诚，欲苦之，妪因忽不见。

关于太阳的传说，古代以为有一个日神，名字叫做"羲和"。《楚辞》中有"吾令羲和弭节兮"的话，《淮南子·天文训》也有"爰止羲和，爰息六螭"的话。据许慎的解释："日乘车，驾六龙，羲和御之。"这和希腊神话中 Apollo 的驾驶"日车"的故事相同。上面所说过尧令羿射九日的故事，也和 Apollo 的儿子驾"日车"被天神用雷矢射死的故事相仿。

关于月神的来源，《淮南子》中记载了这样的一个故事："羿请不死之药于西王母，姮④娥窃以奔月。"高诱注："姮娥，羿妻。羿

---

① 径　底本作"经"，据《汉书》(P.7) 改。
② 行　底本脱，据《汉书》(P.7) 补。
③ 困　底本作"因"，据《汉书》(P.7) 改。
④ 姮　底本作"羿"，据《淮南子集释》(P.501) 改。

请不死之药于西王母,未及服之,姮娥盗食之,得仙,奔入月中为月精。"希腊神话中月神也是一个女子,叫做"Diana",是日神"Apollo"的妹妹。我们现代尚在传说的"姮娥思凡"的故事,又和 Diana 的几次和凡人的恋爱故事相似。又现代我们月中有"兔"的传说,最早见于《楚辞》:"夜光何德?死则又育。厥利维何,而顾菟在腹。"印度神话中也有"三兽塔"的故事,说是天帝化作一个老人,去试探三只兽类(狐、猿、兔)的心,说是他肚子饿了,要求它们代为找觅些食物。狐去衔了一条鲜鱼,猿去采了许多果实,只有兔子空手回来,觉得非常惭愧。于是它说:"你们生起火来,我自有食物。"狐、猿依了它底话,等火旺的时候,兔子跃身跳入火中,给老人当作食物。天帝非常感动,就命兔住在月亮里,永受清凉之福。这地方后人造了一座塔,叫做"三兽塔"。

关于天地的创始,我国有"盘古开辟天地"的神[①]话,见于《艺文类聚·一》引徐整《三五历记》:

> 天地混沌如鸡子,盘古生其中。一万八千岁,天地开辟,阳清为天,阴浊为地。盘古在其中,一日九变,神于天,圣于地。天日高一丈,地日厚一丈,盘古日长一丈,如此

---

① 神 底本脱,据文意补。

小说撮要

万八千岁，天数极高，地数极深①，盘古极长。

这和希腊神话中的 Chaos 相同。他底儿子 Erebus 生了"光明"和"白昼"，他们也生了儿子 Eros（亦称 Amor），创造了"海"与"地"，创造了绿草和飞禽。也与"女娲补天"的故事相类似的。

我国的神话以《山海经》《穆天子传》《楚辞·天问》中最多见到，但记载却非常简单。《山海经》中所记述的关于神的形状，人面虎身，颇像埃及 Sphinx 人面狮身的石像：

> 玉山，是西王母所居也。西王母其状如人，豹尾虎齿而善啸，蓬发戴胜，是司天之厉及五残。
>
> 昆仑之丘，是实惟帝之下都，神陆吾司之。其神状②虎身而九尾，人面而虎爪。是神也，司天之九部及帝之囿时。
>
> 西海之南，流沙之滨，赤水之后，黑水之前，有大山，名曰"昆仑之丘"。有神，人面虎身，有文③有尾，皆白处之。其下有弱水之渊环之，其外有炎火之山，投物辄然。有人，戴胜虎齿，有豹尾，穴处，名曰西王母。此山万物尽④有。

---

① 深　底本作"低"，据《艺文类聚》（P.2）改。
② 状　底本脱，据《山海经笺疏》（P.48）补。
③ 有文　底本脱，据《山海经笺疏》（P.291）补。
④ 尽　底本作"皆"，据《山海经笺疏》（P.292）改。

而《穆天子传》中所记述的西王母，已化为人。较之《庄子》所载藐姑射的仙女，更近人化。《庄子》所记仙女，已是人化的女神："藐姑射之山，有神人居焉，肌肤若冰雪，绰①约若处子，不食五谷，吸风饮露，乘云气，御飞龙，而游乎四海之外。其神凝，使物不疵疠。"《穆天子传》所载的西王母，已俨然是一女后了：

> 吉日甲子，天子宾于西王母，乃执白圭玄璧以见西王母。好献锦组百纯，□组三百纯，西王母再拜受之。□乙丑，天子觞西王母于瑶池之上，西王母为天子谣曰："白云在天，山陵自出，道里悠远②，山川间之，将子无死，尚能复来。"天子答之曰："予归东土，和治诸夏，万民平均，吾顾③见汝，比及三年，将复而野。"……天子遂驱升于弇山，乃纪其迹于弇山之石，而树之槐，眉曰"西王母之山"。

这种写法，已近乎晋代的神怪小说，开唐代传奇的先声了。《山海经》所记的西王母，与埃及神话中的神相似，埃及神话中天地的创造者托斯有四个助手，都是蛙首人身的，他们的配偶是蛇首人

---

① 绰　底本作"淖"，据《庄子今注今译》（P.25）改。
② 远　底本作"悠"，据《穆天子传汇校集释》（P.161）改。
③ 顾　底本作"欲"，据《穆天子传汇校集释》（P.161）改。

身的女神。犹之我国古书上常常说到的"洪水横流"的记载和巴比伦传说中的洪水相似。而《穆天子传》中的西王母，则近乎埃及、希腊神话中的统治天国的女神。

以史实或时事为题材的传记，多见于春秋战国各种子书里，大抵引用作为他们辩证时的例证。但说述故事的时候，则记故事发生的时代、人物的姓名，以求其真。如：

> 魏王遗荆王美人，荆王甚悦之。夫人郑袖知王悦爱之也，亦悦爱之，甚于王，衣服玩好，择其所欲为之。王曰："夫人知我爱新人也，其悦爱之甚于寡人，此孝子所以养①亲，忠臣之所以事君也。"夫人知王之不以己为妒也，因为新人曰："王甚悦②爱子，但恶子之鼻。子见王常掩鼻，则王长幸子矣。"于是新人从之，每见王，常③掩鼻。王谓夫人曰："新人见寡人，常掩鼻，何也？"对曰："不己知也。"王强问之，对曰："顷尝言恶闻王臭。"王怒曰："劓之。"夫人先诫御者曰："王适有言，必可从命。"御者因揄刀而劓美人。（《韩非子》）
>
> 《齐谐》者，志怪者也。《谐》之言曰："鹏之徙于南冥

---

① 养　底本作"事"，据《韩非子新校注》（P.635）改。
② 悦　底本脱，据《韩非子新校注》（P.635）补。
③ 常　底本脱，据《韩非子新校注》（P.635）补。

也，水击三千里，抟扶摇而上者九万里，去以六月息者也。"（《庄子》）

昔者瓠巴鼓瑟而流鱼出听，伯牙鼓琴而六马仰秣。（《荀子》）

东海有勇士，曰菑丘䜣，以勇猛闻于天下。过①神渊，曰："饮马。"其仆曰："饮马于此者，马必死。"曰："以䜣之言，饮之！"其马果沉。菑丘䜣去朝服，拔剑而入，三日三夜，杀三蛟一龙而出。雷神随而击之，十日十夜，眇其左目。要离闻之，往见之②，曰："䜣在乎？"曰："送有丧者。"往见䜣于墓。曰："闻雷神击子十日③十夜，眇子左目。夫天怨不全日，人怨不旋踵，至今弗报，何也？"叱而去，墓上振④愤者，不可胜数。要离归谓⑤门人曰："菑丘䜣，天下之勇士也。今日我辱之人中，是其必来攻我。暮无闭门，寝无闭户。"菑丘䜣果夜来，拔剑拄⑥要离颈曰："子有死罪三：辱我以人中，死罪一也；暮无⑦闭门，死罪二也；寝不闭户，死罪三也。"要离曰："子待我一言。来谒，不肖一也；拔剑不刺，不肖二也；刃先辞后，不肖三也。能杀我者是毒药

---

① 过　底本作"遇"，据《韩诗外传集释》（P.342）改。
② 往见之　底本脱，据《韩诗外传集释》（P.342）补。
③ 十日　底本脱，据《韩诗外传集释》（P.343）补。
④ 振　底本作"恨"，据《韩诗外传集释》（P.343）改。
⑤ 归谓　底本作"谓其"，据《韩诗外传集释》（P.343）改。
⑥ 拄　底本作"往"，据《韩诗外传集释》（P.343）改。
⑦ 无　底本作"不"，据《韩诗外传集释》（P.343）改。

之死耳。"蔄丘忻引剑而去，曰："嘻，所不若者，天下惟此子尔。"(《韩诗外传》)

春秋战国时代，游说之风盛行，当时的文人都能够辩说。如苏秦、张仪以言语由平民一跃而为卿相。他们论谈时的例证，或取史事，或杜撰故事，以作"寓言"（Fable）之用，古代神话与传说，亦借此而能流传。例如苏代说楚王，假造土偶与木偶的对话，劝楚王勿入秦国；又举"鹬蚌相争"的故事，说自己弟兄之国的不能"同室操戈"。他们所以说述这故事，自有其他的目的，不过拿故事来当作一个例证罢了。现代许多成语，如"自相矛盾""守株待兔""曲突徙薪"……都是从那些故事而来的。如：

宋人有闵其苗之不长而揠之者，芒芒然归，谓其人[①]曰："今日病矣！予助苗长矣。"其子趋而往视之，苗则槁[②]矣。(《孟子》)

宋有富人，天雨墙坏，其子曰："不筑，必将有盗。"其邻人之父亦云。暮而果大亡其财，其家甚智其子，而疑邻人之父。(《韩非子》)

---

① 人　底本作"子"，据《孟子译注》(P.57)改。
② 槁　底本作"稿"，据《孟子译注》(P.57)改。

> 卫人有夫妻①祷者，而祝曰："使我无故，得百束布。"其夫曰："何少也？"对曰："益是，子将以②买妾。"（同上）

以故事作论说时的例证，自是游说之士所不能不用的。《说苑》中有《善说》一则，记载那时候辩士说话的必须例证：

> 客谓梁王曰："惠子之言事也善譬，王使无譬，则不能言矣。"王曰："诺。"明日见。谓惠子曰："愿先生言事则直言③耳，无譬也。"惠子曰："今有人于此而不知弹者，曰：'弹之状若何？'应曰：'弹之状如弹。'则谕乎？"王曰："未谕也。""于是更应之曰：'弹之状如弓，而以竹为弦。'则知乎？"王曰："可知矣。"惠子曰："夫说者，固以其所知谕其所不知，而使人知之。今王曰'无譬'，则不可矣。"王曰："善。"

惠施对梁王解释言语必须有譬喻，这一段话的本身就是一个譬喻，以形容弹弓的形状来说明言语必须用譬喻，梁王不知不觉，上了他的当。那时辩士说客，大抵如此，遇有古事可以作证例便用古事，否则就杜造一个寓言。

---

① 妻　底本作"妇"，据《韩非子新校注》（P.626）改。
② 以　底本脱，据《韩非子新校注》（P.626）补。
③ 言　底本脱，据《说苑校证》（P.272）补。

小说 撮要

神话与传说，到晋代变成了志怪小说与清谈笑话的一流。变异之谈，在唐代变为传奇小说，保持它简短而抒述的作风的，流为笔记小说一派；篇幅较长而加意描写的，变为平话、章回小说一派。清谈笑话一流，其极则变为谴谪小说。这二者晋代以前尚是附庸，到了晋代而有它们的专集。晋代干宝的《搜神记》，大都记述神怪的故事，《世说新语》《启颜录》等专集清谈与笑话：

> 阮瞻字千里，素执无鬼论，物莫能难，每自谓此理足以辨正幽明。忽有客通名诣瞻，寒温毕，聊谈名理，客甚有才辨，瞻与之言良久，及鬼神之事，反复甚苦。客遂屈，乃作色曰："鬼神，古今圣贤所共传，君何得独言无？即仆便是鬼！"于是变为异形，须臾消灭。瞻默然，意色太①恶，岁余，病②卒。(《搜神记》)

> 石崇每要客燕集，常令美人行酒，客饮酒不尽者，使黄门交斩美人。王丞相与大将军尝共诣崇，丞相素不能饮，辄自勉强，至于沉醉。每至大将军，固不饮以观其变，已斩三人，颜色如故，尚不③肯饮。丞相让之，大将军曰："自杀伊家人，何预卿事！"(《世说新语》)

---

① 太 底本作"大"，据《搜神记辑校》(P.671) 改。
② 病 底本作"而"，据《搜神记辑校》(P.671) 改。
③ 底本"不"下衍"能"，据《世说新语笺疏》(P.1028) 删。

第二章 中国小说之源流及其形态

开皇中,有人姓出名六斤,欲参素,赍名纸①至省门。遇②白,请为题其姓,乃书曰:"六斤半。"名既入,素召其人,问曰:"卿姓六斤半?"答曰:"是出六斤。"曰:"何为六斤半?"曰:"向请侯秀才题之,当是错矣。"即召白至,谓曰:"卿何为错题人姓名?"对曰:"不错。"素曰:"若不错,何因姓出名六斤,请卿题之,乃言六斤半?"对曰:"向③在省门,仓卒无处觅秤,既闻道是出六斤,斟酌只应是六斤半。"素大笑。(《太平广记》引《启颜录》)

神话与传说,不仅渊源了中国小说,也是古代史学哲学的先河。中国历史的记载,其中关于"征祥""妖异"之类,都该是神话传说而不能算作史实。儒者一方面排斥神话传说的荒诞不经,一方面又记入史乘,实在是一种矛盾的见解。我国古代神话传说,流传到现代的,很少很少。它底原因,鲁迅先生以为一由于中国民族的重实际而黜玄想;一由于儒者以修身治国为要务,不肯轻言鬼神。荒唐之说,"其事不雅驯",便多散佚。轻视神话与传说的价值,不特我国儒者如此,希腊哲学家柏拉图在他底《共和国》中也指神话为"有失体统的东西",米勒(Max Miiller)称它

---

① 纸　底本作"氐",据《太平广记会校》(P.3951)改。
② 遇　底本作"过",据《太平广记会校》(P.3951)改。
③ 向　底本作"白",据《太平广记会校》(P.3952)改。

为"卑劣的、无识的、野蛮的元素"。这种观念,足以摧残神话与传说的流传。我国古代的神话最多见的在《山海经》《穆天子传》《楚辞·天问》等书中,魏晋六朝小说和周秦诸子的著述里面,还留着一部分,这在现代尚是未开垦的园地,如果加以研究,一定有很多的收获。

第三节　小说形态之完成

中国小说形态之完成,始于唐人的传奇。胡应麟所谓:"至唐人乃作意好奇,假小说以寄笔端。"鲁迅亦云:"小说亦如诗,至唐代而一变,虽尚不离于搜奇记逸①,然叙述宛转,文辞华艳,与六朝之粗陈梗概者较,演进之迹甚明,而尤显者乃在是时始有意为小说。"唐代小说之所以能进步,实有其时代之背景,张世禄《中国文艺变迁论》云:

> 由于思想之复杂。唐之世,实儒、道、佛三教汇集之时代也。唐初崇尚儒教,砥砺经术,而又皈依佛教,尊崇道教。三藏玄奘赍译印度经一千三百三十余卷,太宗、高宗皆信仰之,释徒以盛。又以老子李氏,而与同姓,特尊老子为太上

---

① 逸　底本作"述",据《中国小说史略》(P.73)改。

玄元皇帝，道教于唐益滥。历世君主，虽时有异尚，而罕有专崇一教者，故唐代实有三教汇合之观。此外尚有景教、祆教、回教、摩尼教，亦尝流行于社会。思想复杂，故其表现于文艺者，自有千门万户之观。

由于国族之强盛。隋唐既统一南北，乃北殄突厥，西平吐谷浑、高昌，东伐高丽，北灭薛延陀，西臣西域，领地被于四垂矣。大凡一国文艺，尝随其国势以发展；希腊、罗马与吾国汉代，均其先例也。

由于生活丰富。唐代文物以开元天宝间为最盛，是时威振四夷，承累世之富，府库充实。长安繁华，千金游侠之子，流连其间，洋洋乎太平之象……文艺上亦开未曾有之大观。

唐人传奇，重在文藻与意想，与六朝但略书故事以明鬼神因果者，绝不相同。如沈既济的《枕中记》，故事或本于干宝《搜神记》之焦湖庙祝以玉枕授杨林事，但铺摘描写，则胜于原文书。今录之以作比较：

（甲）杨林的故事（见宋乐史《太平寰宇记》百二十六引）

焦湖庙有一玉枕，枕有小坼。时单父县人杨林为贾客，至庙祈求，庙巫谓曰："君欲好婚否？"林曰："幸甚。"巫即遣林近枕边，因入坼中，遂见朱楼琼室。有赵太尉在其中，即嫁女与林，生六子，皆为秘书郎。历数十年，并无思归之志。忽如梦觉，犹在枕旁，林怆然久之。

(乙)《枕中记》

开元七年，道士有吕翁者，得神仙术。行邯郸道中，息邸舍，摄帽弛带，隐囊而坐。俄见旅中少年，乃卢生也。衣短褐，乘青驹，将适于田，亦止于邸中，与翁共席而坐，言笑殊畅。

久之，卢生顾其衣装敝亵，乃长叹息曰："大丈夫生世不谐，困如是也！"翁曰："观子形体，无苦无恙，谈谐方适，而叹其困者，何也？"生曰："吾此苟生耳，何适之谓？"翁曰："此不谓适，而何谓适？"答曰："士之生世，当建功树名，出将入相，列鼎而食，选声而听，使族益昌而家益肥，然后可以言适乎。吾尝志于学，富于游艺，自惟当年，青紫可拾，今已适壮，犹勤畎亩，非困而何？"言讫，而目昏思寐。时主人方蒸黍，翁乃探囊中枕以授之，曰："子枕吾枕，当令①子荣适如志。"其枕青瓷②，而窍其两端。生俯首就之，见其窍渐大明朗，乃举身而入，遂至其家。

数月，娶清河崔氏女。女容甚丽，生资愈厚。生大悦。

---

① 令　底本作"会"，据《唐人小说》（P.37）改。
② 瓷　底本作"甆"，据《唐人小说》（P.37）改。

由是衣装服驭，日益鲜盛。明年，举①进士登第；释褐秘校，应制，转渭南尉；俄迁监察御史；转起居舍人，知制诰。三载，出典同州，迁陕牧。生性好土功，自陕西凿河八十里，以济不通。邦人利之，刻石纪德。移节汴州，领河南道采访使，征为京兆尹。是岁，神武皇帝方事戎狄，恢宏土宇。会吐蕃悉抹逻及烛龙莽布支攻陷瓜沙，而节度使王君㚟新被杀，河湟震动。帝思将帅之才，遂除生御史中丞，河西道节度。大破戎虏，斩首七千②级，开地九百里，筑三大城以遮要害。边人立石于居延山以颂之。归朝册勋，恩礼极盛。转吏部侍郎，迁户部尚书兼御史大夫。时望清重，群情翕习，大为时宰所忌，以飞语中之，贬为端州刺史。三年，征为常侍，未几同中书门下平章事，与萧中令嵩、裴侍中光庭同执大政十余年。嘉谟密命，一日三接，献替启沃，号为贤相。同列害之，复诬与边将交结，所图不轨，下制狱，府吏引从至其门而急收之。生惶骇不测，谓妻子曰："吾家山东，有良田五顷，足以御寒馁，何苦求禄！而今及此，思衣短褐，乘青驹，行邯郸道中，不可得也。"引刃自刎，其妻救之，获免，其罹者皆死，独生为中官保之，减罪死，投驩州。数年，帝知冤，复追为中书令，封燕国公，恩旨殊异。生五子，曰俭、曰传、

---

① 举　底本作"登"，据《唐人小说》（P.37）改。
② 千　底本作"十"，据《唐人小说》（P.37）改。

曰位、曰偭、曰倚，皆有才器。俭进士登第，为考功员外；传为侍御史；位为大常丞；偭为万年尉；倚最贤，年二十八，为左襄。其姻媾皆天下望族。有孙十余人。两窜荒徼①，再登台铉，出入中外，徊翔台阁，五十余年，崇盛赫奕②。性③颇奢荡，甚好佚乐，后庭声色，皆第一绮丽。前后赐良田、甲第、佳人、名马，不可胜数。后年渐衰迈，屡④乞骸骨，不许。病，中人候问，相踵于道，名医上药，无不至焉。将殁，上疏曰："臣本山东诸生，以田圃为娱，偶逢圣运，得列官叙。过蒙殊奖，特秩鸿私，出拥节旄，入升台辅。周旋中外，绵历岁时，有忝天恩，无裨⑤圣化。负乘贻寇，履薄增忧，日惧一日，不知老至。今年逾八十，位极三事，钟漏并歇，筋骸俱耄，弥留沉顿，待时益尽。顾无成效，上答休明，空负深恩，永辞圣代。无任感恋之至，谨奉表陈谢。"诏曰："卿以俊德，作朕元辅。出拥藩翰，入赞雍熙。升平二纪，实卿所赖。比婴疾疹，日谓痊平。岂斯沉痼，良用悯恻。今令骠骑大将军高力士就第候省。其勉加针⑥石，为予自爱。犹冀无妄，期于有瘳。"是夕，薨。

---

① 徼 底本作"缴"，据《唐人小说》（P.38）改。
② 奕 底本作"弈"，据《唐人小说》（P.38）改。
③ 性 底本作"情"，据《唐人小说》（P.38）改。
④ 屡 底本脱，据《唐人小说》（P.38）补。
⑤ 裨 底本作"稗"，据《唐人小说》（P.38）改。
⑥ 针 底本作"碱"，据《唐人小说》（P.38）改。

第二章 中国小说之源流及其形态

卢生欠伸而悟，见其身方偃于邸舍，吕翁坐其傍，主人蒸黍未熟，触类如故。生蹶然而兴曰："岂其梦寐也？"翁谓生曰："人生之适，亦如是矣。"生怃①然良久，谢②曰："夫宠辱之道，穷达之运，得丧之理，死生之情，尽知之矣。此先生所以窒吾欲也，敢不受教。"稽首再拜而去。

干宝所记，以事为主，而《枕中记》则以文为主，故渲染事实，不嫌细腻。中国小说形态之完成，实即始于此种传奇。虽当时文士，不敢以此与韩柳高文相提并论，但已风行一时。如张鷟的《游仙窟》，即为海外所流传，史称其文"大行一时，晚进莫不记"，又谓"新罗日本使至，必出金宝以购其文"。

唐人传奇之别集，有袁郊之《甘泽谣》、李复言之《续玄怪录》、裴铏之《传奇》等。其他散篇，则散见于《文苑英华》《太平广记》《说郛》等书，《唐人说荟》《说海》等亦曾辑入。鲁迅有《唐宋传奇集》，其序文中论唐人小说云：

王度《古镜》，犹有六朝志怪余风，而大增华艳。千里《杨倡》，柳珵《上清》，遂极庳弱，与诗运同。宋好劝惩，摭实而泥，飞动之致，眇不可期，传奇命脉，至斯以绝。惟

---

① 怃 底本作"惨"，据《唐人小说》（P.38）改。
② 谢 底本脱，据《唐人小说》（P.38）补。

自大历以至大中中，作者云蒸，郁术文苑，沈既济、许尧佐擢秀于前，蒋防、元稹①振采于后，而李公佐②、白行简、陈鸿③、沈亚之辈，则其卓异也。

第四节　小说之独立的发展

中国小说虽在唐代已有完整的形式，但作者刻意为文，重于形式而忽略内容，直到明清之际，小说方才独立。因为唐人传奇只是短篇，作者不过当作他文集中的一篇游戏的文字。而以小说为一专门的著述，这风尚起于明清两代，而其作品即是章回的白话小说。

章回白话小说，虽盛于明清，但有它底源流，并不是一朝突然发生的。这问题须研究白话小说的沿革，一面须研究章回小说的由来。

白话小说，如果推溯得远一点，可以说是始于唐代的，千佛洞中所发现的变文，即是用浅近类似白话的文字写的，唐代已经有说话之风，但所说者多系和尚，内容多关释教。罗振玉在他的《敦煌零拾》的叙记中认为此种说经与宋代说话有关：

---

① 稹　底本作"慎"，据《唐宋传奇集》(P.4)改。
② 佐　底本作"德"，据《唐宋传奇集》(P.4)改。
③ 鸿　底本作"鸲"，据《唐宋传奇集》(P.4)改。

佛曲三种，皆中唐以后写本。其第二种演《维摩诘经》，他二种不知何经。考《古杭梦游录》，载说话有四家，一曰小说，谓之银事儿……说经谓演说佛书……《武林旧事》诸技艺，亦有说经，今观此残卷，是此风肇于唐而盛于宋两京，元明以后，始不复见矣……

说话之盛，当在宋代。记录说话之文，称曰"话本"。今所存者，有《京本通俗小说》，全系用白话文写述，与明清之际的章回小说同。如《西山一窟鬼》：

当日正在学堂里教书，只听得青布帘儿上铃声响，走将一个人入①来，吴教授看那入来的人，不是别人，却是十年前搬去的邻舍王婆。

又如《宣和遗事》开头云"且说唐尧、虞舜，乃劈初头第一个皇帝"，又《京本通俗小说》云"说话大宋高宗年间"，均为后世章回小说的形式所本。

再就章回小说故事的来源来说，章回小说最早的是《三国演义》《水浒传》《西游记》三书，而此三书的故事，都是有所渊源的：

---

① 入 底本脱，据《京本通俗小说·西山一窟鬼》(P.5)补。

《三国演义》

（1）"说三分"《东京梦华录》，为宋代说话之一种。

（2）《三国志》日本内阁文库藏，元至治间新安虞氏全相刊本。

（3）元人杂剧

（4）《三国演义》罗贯中，明弘治甲寅刊本。

（详见郑振铎《三国志演义的演化》一文）

《水浒传》

（1）《宋江三十六人赞》宋龚圣与作，周密《癸辛杂识①》引。

（2）《宣和遗事》

（3）元人杂剧

（4）一百十五回本、一百二十四回②本《忠义水浒传》明崇祯末与《三国演义》合刻为《英雄谱》。

（5）七十回《水浒传》金圣叹③批，今行本。

《西游记》

（1）《唐太宗入冥记》千佛洞变文。

（2）《大唐三藏法师取经记》亦名《大唐三藏取经诗话》，宋元人刊本，在日本。

（3）《唐三藏》金人院本，见陶宗仪《辍耕录》。

---

① 识 底本作"记"，据史实改。
② 回 底本脱，据文意补。
③ 圣叹 底本作"至欢"，据史实改。

（4）元人杂剧

（5）《四游记》明刊本中之《西游记传》

（6）百回本《西游记》今行本。

可见，最初章回小说的题材也是由唐宋故事演化而来的。至于分章分回，也是受宋人说话的影响，说书人在规定时间内说不完整个故事，于是只能讲述它底一节，而以"且听下回分解"作收场。"回目"之名，即起源于此。

为什么明清之际章回小说能如此发达呢？这当然亦有其时代社会的背景。张世禄《中国文艺变迁论》中曾说到：

（一）受君主专制之反应。明初屡兴大狱，摧残士气，文人如宋濂、高启、方孝孺辈皆不得其死。清初康、雍、乾三朝，亦递兴文字之狱。君主猜防疑忌之念愈深，文人之笔墨愈受检束，遂不得不假托隐语微词，述已往之事实，溯治乱兴废之由，以期言者无罪，闻者足戒，而稍戡暴君专政于万一。此明清小说之所以发达者一。

（二）对于当代摹拟文学之反应。明代文风，大都注重摹拟工夫，甘为古人臣仆，毫无独得于其中，如李攀龙、王世贞、唐顺之、归有光等，对于前代诗文，其所趋向之途径或有异，而要之以摹拟剽窃为能事，沿袭前人为指归。摹拟之病，使自身毫无创造，于是不得不另辟一境界，以为其放纵才智之地。此小说之所以发达者二。

（三）对于八股兴盛之反应。明清以制义取士，其意非以网罗一代之鸿儒硕学也，盖欲牢笼天下之才士，受我驰驱，以戢风云之志。然恬淡之士，自不为其所诱引；狂放之才，自不为其所羁束；而科举失意者，亦无所发泄其愤懑。于是不得不有以抒其心胸、泄其才学者，小说亦一途径也。此其三。

（四）对于社会紊乱之反应。明清末季，政治紊乱之状，殆不堪闻，如权奸之当国也，阉寺之专横也，胥吏之害民也，官场之腐败也，盗贼之充斥也，家庭之恶劣也，社会道德之丧失也，无不足以促吾人之反省。而英才杰出之士，当此举世梦梦而我独醒之世，更无以自白，于是发为愤世嫉俗之语，诙谐诡奇之文，以泄其气，或讥讽当时政俗，以鼓吹革命。此小说之所以发达[①]者四。

明代的民间文学弹词，以杨慎的《二十一史弹词》为最著。这是渊源于唐代的唱导文、宋代的盲词而产生的民间文学，以历史或其他的故事作背景，而用弹唱的形式来写故事。如《北史遗文[②]》写南北朝的史事，从晋朝说起：

---

① 达 底本作"表"，据《中国文艺变迁论》（P.125）改。
② 文 底本作"闻"，据史实改。

第二章 中国小说之源流及其形态

自从汉末三分后，世上干戈不住停。

司马先王行圣德，昭师二子便欺君。

武王始起承曹氏，灭蜀平吴四海宁。

贾氏枭恶王子怨，刘肖乘乱起胡尘。

一朝怀愍蒙尘去，洗爵青衣在虏边。

元帝渡江来称帝，晋臣王导奉为君。

偏安江左东都地，抚力中原取归京。

让豫作孽宁吞炭，河洛生灵苦已深。

后魏托出让豫氏，其君文武尽贤能。

征诚五胡残孽散，云中建国号金陵。

明代小说之见于《明史·艺文志》者，凡一百二十七种。胡应麟又别为六部。清纪昀《四库全书》以小说别为一类，附于集部之后，而分其派为三。但均不及话本及演义，弹词则更不论。鲁迅云：

至于宋之平话，元明之演义，自来盛行民间，其书故当甚夥，而史志皆不录。惟明王圻作《续文献通考》，高儒作《百川书志》，皆收《三国志演义》及《水浒传》。清初钱曾作《也是园①书目》，有通俗小说②《三国志》等三种，宋人

---

① 园 底本作"图"，据《中国小说史略》（P.11）改。
② 说 底本脱，据《中国小说史略》（P.11）补。

词话《灯花婆婆》等十六种。然《三国》《水浒》，嘉靖中有都察院刻本，世人视若官书，故得见收，后之书目，寻即不载，钱曾则专事收藏，偏重版本，缘为旧刊，始以入录，非于艺文有真知，遂离叛于曩例也。

但明清之章回小说，与当时社会人士之印象甚深，胡应麟《少室山房笔丛》云："今世人耽嗜《水浒传》，至缙绅文士亦间有好之者。"王侃《江州笔谈》："《三国演义》可以通之妇孺，今天下无不知有关忠义者，《演义》之功也。忠义庙貌满天下，而有使其不安者，亦误于《演义》耳。"又姚元之[①]《竹叶亭杂记》载：

《三国演义》不知作于何人？东坡尝谓儿童看《三国志》影戏，则其书已久。尝闻有谈《三国志》典故者，其事皆出于《演义》，不觉失笑。乃竟有引其事入奏者。《辍耕录》载院本名目，有《赤壁鏖兵》《骂吕布》之目。雍正间，札少宗伯因保举人才，引孔明不识马谡[②]事，宪皇帝怒其不当以小说入奏，责四十，仍[③]枷示焉。乾隆初，某侍卫擢荆州将军，

---

① 之　底本脱，以下引文出自姚元之《竹叶亭杂记》(P.158)，据补。
② 谡　底本作"稷"，据《竹叶亭杂记》(P.158)改。
③ 仍　底本作"今"，据《竹叶亭杂记》(P.158)改。

人贺之辄痛哭。怪问其故,将军曰:"此地以①关玛法尚守不住,今遣老夫,是欲杀老夫也。"闻者掩口。此又熟读《演义》而更加愤愤者矣。玛法,国语呼祖之称。

明清两朝之章回小说,作品甚多,今依鲁迅的分类择要列之于后:

明代小说

(1)神魔小说

《西游记》 吴承恩作。

《封神传》 不详作者,梁章钜《浪迹续谈》以为系明代一名宿所作。

《三宝太监西洋记通俗演义》 罗懋登作。

《西游补》 董说作。

(2)人情小说

《金瓶梅》 作者不详。有万历刊本。

《玉娇李》② 同上。今亡。

《续金瓶梅》 丁耀亢作。

《平山冷燕》 张博山作。

---

① 以 底本脱,据《竹叶亭杂记》(P.158)补。
② 《玉娇李》 底本作《玉梨娇》,据《中国小说史略》(P.190)改。

《玉娇梨》 不详作者。

《好逑传》又名《侠义风月传》 作者不详。

《铁花仙史》 云封山人真姓名不详。

清代小说

（1）讽刺小说

《儒林外史》 吴敬梓作。

《红楼梦》《石头记》《情僧录》《风月宝鉴》《金陵十二钗》 曹雪芹作。①

（2）才学小说

《野叟曝言》 夏敬渠作。

《蟫史》 屠绅（文言文）作。

《燕山外史》 陈球（排偶）作。

《镜花缘》 李汝珍作。

（3）狭邪小说

《品花宝鉴》 陈森作。

《花月痕》 魏子安作。

《青楼梦》 俞达作。

《海上花列传》 韩子云（?）

---

① 《红楼梦》，鲁迅《中国小说史略》归为"清之人情小说"，据《中国小说史略》（P.235）注。

第二章 中国小说之源流及其形态

（4）侠义小说[①]

《儿女英雄传》《金玉缘》 文康作。

《三侠五义》《忠烈侠义传》 石玉昆作。

《七侠五义》 俞樾增改。

《小五义》 不详作者。

《续小五义》 同上。

《施公案》《百[②]断奇观》 同上。

《彭公案》 同上。

《后水浒》 陈忱作。

《荡寇志》 俞万春作。

（5）谴责小说

《官场现形记》 李宝嘉作。

《二十年目睹之怪现状》 吴趼人作。

《老残游记》 刘鹗作。

《孽海花》 曾朴作。

[①] 以下所引诸书，鲁迅《中国小说史略》归为"清之侠义小说及公案"，据《中国小说史略》（P.278—291）注。

[②] 百　底本作"自"，据《中国小说史略》（P.286）改。

第三章

中国小说内容之演化

中国小说的内容,很多是因袭前人的故事,逐渐放大,形式可以不同,而题材则相祖述。例如干宝《搜神记》中有一只焦湖庙祝枕的故事,至唐代,沈既济廓大其事而作《枕中记》,后李公佐本其意而作《南柯太守传》,明汤显祖亦本之作传奇《南柯记》,即是其例。元明清之短篇小说集《今古奇观》,即由"三言"而来,《三国》《水浒》《西游》的题材,亦均有所本。

但每代亦有创造的故事。就其内容演化之迹看来,不论其为创造或因袭,其故事的演进,乃是由神话传说而以神鬼为中心的小说,渐渐地变成了以[①]人为中心的小说;由空虚臆想的浪漫小说,渐渐地变成[②]了写照现实生活的写实派小说。而每一作风又流传它底一支小流,仍旧绵亘下去。如唐代之前,是由以神为

---

① 以 底本作"由",据文意改。
② 成 底本脱,据文意补。

第二章 中国小说内容之演化

中心的故事变成以人为中心的小说,唐代传奇,实即为以人为中心的小说的作品,但鬼怪小说一支细流,仍绵亘下去,到宋而为《碾玉观音》《西山一窟鬼》,至清而有《聊斋志异》《子不语》《阅微草堂笔记》等等。又如明清章回小说,是从浪漫小说变成写实小说的时期,清之《红楼梦》《儒林外史》,即为写实作品之代表,但清代末年亦尚有以浪漫作风出之的小说。这现象由于中国文人拟古心切,也由于厚古薄今的心理所造成。

每一时代作品,足为一时代风气之反映。我国自秦迄清,每代虽政典不同,但终是在专制政体之下,而儒家之说、道家之说、佛教之说,唐代以后并盛不衰,此两种环境影响于我国民族的思想甚巨,在小说之中,亦不期然而然有了流露。于是每部小说①之中,差不多以说理说教为事,而因果之说,又常作为全书故事发展的线索。于是无论写侠义、恋爱,无不以忠君孝父为立说之点,以淫乱为罪恶之源。

迨至清代,始有纯粹以写述某一阶层人民生活的小说,如《红楼梦》即写豪家没落的情形,《儒林外史》即写清代士的阶级之丑态。及其末流,写情者流为狭邪与鸳鸯蝴蝶之小说,写现实者流为黑幕小说,写侠义者流为剑侠小说。

新小说的起来,在形式上固有变化,但其重要的改革,即在

---

① 说 底本作"书",据文意改。

乎思想的改革。陈独秀《文学革命论》中即显示此种主张：

> ……其内容则目光不越帝王权贵、神仙鬼怪，及其个人之穷通利达。所谓宇宙，所谓人生，所谓社会，举非其构思所及。此三种文学公①同之缺点也。此种文学，盖与吾阿谀夸张、虚伪迂阔之国民性互相为因果。今欲革新政治，势不得不革新②盘踞于运用此政治者精神界之文学。使吾人不张目以观世界社会文学之趋势及时代之精神，日夜埋头故纸堆中，所目注心营者③，不越帝王权贵、鬼怪神仙，与夫个人之穷通利达，以此而求革新④文学、革新政治，是缚手足⑤而敌孟贲也。

第一节 从神化到人化

小说既渊源于神话，则其内容自多神异之谈。所以神话传记之后的小说，即是神鬼小说。此种作品，以神鬼为故事中的重要成分，而以明有鬼为主。威廉的《短篇小说作法研究》中说明鬼

---

① 公 底本作"共"，据《独秀文存·论文（上）》（P.81）改。
② 新 底本作"命"，据《独秀文存·论文（上）》（P.81）改。
③ 使吾人不张目以观世界社会文学之趋势及时代之精神，日夜埋头故纸堆中，所目注心营者 底本作"使吾人不能目注心答者"，据《独秀文存·论文（上）》（P.81）改。
④ 革新 底本作"革命新"，据《独秀文存·论文（上）》（P.81）改。
⑤ 足 底本脱，据《独秀文存·论文（上）》（P.81）补。

第三章　中国小说内容之演化

怪小说所以发生的原因：

> 第一种原因，是因为凡是哲学所不能探究的现象，很容易把一个人的思想引诱到超自然方面去，他的观察宛如隔了一片玻璃，只是黑黝黝的不能清楚，正如 Lafcadio Hearn[①] 所说，宇宙的本体便是一个鬼怪般神秘的东西。人们为好奇心所动，而这种好奇心是不能用科学方法来满足的，于是结果就发生了冲破黑暗和解决神秘的决心。这种求知的欲望，便能产生一个超自然的世界。第二种原因是以人类爱情为根据的，生者对于死者伤悼不能去怀，他就要去假设一个超自然的世界，借以自慰，这样就有了天堂地狱之说。

这种解释，很有理由。但人类既脱不了自然现实的生活，对于所幻想的鬼神，也以自己底生活立场来猜测，如古代的巫祀，以人所喜欢的歌曲和舞蹈来崇祀天神，也是以人类的现实生活作出发点的。所以鬼神的描写，终于会渐渐地变成了"以人类生活情形为根据"的写述，那是必然的现象，从以神鬼为主的故事渐渐变成以人事为主的故事，也是必然的现象。

中国史书，自《史记》以迄《明史》，还多少保存着那机祥灾

[①] Lafcadio Hearn　即爱尔兰裔日本作家小泉八云，现代怪谈文学的鼻祖，著有《怪谈》《来自东方》。

异之说。那就是证明人类的思想里，对于那幻影，始终还保存着，而且相信它和人类的生活是有着密切的联系。历史尚且如此，被目为稗史的小说更不必论。加以释教自汉代传入中国，流行颇盛，与中国原来的道教玄学相揉合，于是，诸小说中难免有着鬼怪的穿插，这风气一直到清代还被保存着。

中国小说形态完成的第一期，是唐代的传奇小说，它比六朝小说进步之点，即在从神化变成了人化，从以鬼神说教的内容，变成了写人生为主的小说。因为写人事，则描摹可以详细、具体。虽仍有鬼神渗杂其间，但已用为一种点缀而非主体。胡应麟所谓"变异之谈，盛于六朝，然多是传录舛讹，未必尽幻设语，至唐人乃作意好奇，假小说以寄①笔端。"洪迈亦云："唐人小说，不可不熟，小小事情，凄婉欲②绝。"鲁迅亦谓唐人小说较六朝之进步为人事之描写与意识之创造。这不特是六朝小说与唐人小说之变异，亦为中国小说进步中的一个重要的迹象。

中国最初的小说，系以人化的神为主体，由此而变为人的故事。托名汉东方朔所作的《海内十洲记》及《神异经》，均以神为故事中的角色。称东王公"长一丈，头发皓白，人形鸟面而虎尾"。称吞邪鬼"身长七丈，腹围如其长，头戴雉父魖③头，以赤

---

① 寄　底本作"写"，据《少室山房笔丛》（P.371）改。
② 欲　底本作"于"，据《中国历代小说序跋集》（P.1789）改。此语实为明人伪托，非出于洪迈。
③ 魖　底本作"魅"，据《汉魏六朝笔记小说大观·神异经》（P.50）改。

蛇绕额，尾合于头，不饮不食，朝吞恶鬼三千，暮吞三百"。又称："东南隅大荒之中，有朴父焉。夫妇并高千里，腹围自辅。天初立时，使其夫妇导开百川，懒不用意。谪之，并立东南。男露其势，女露其牝，不饮不食，不畏寒暑，唯饮天露。"但汉刘向之《列仙传》，已变为人形之神仙。如记修羊公：

> 修羊公者，魏人也。在华阴山上石室中，有悬①石榻，卧其上，石尽穿陷。略不食，时取黄精食之。后以道干②景帝，帝礼之，使止王邸中。数岁，道不可得。有诏问修羊公能③何日发。语未讫，床上化为白④石羊，题其胁曰："修羊公谢天⑤子。"后置石羊于灵台上。羊后复去，不知所在。

修羊公虽是神仙，而举止实已与常人无异。晋张⑥华《博物志》所载东海神女，亦是神仙，但已有常人的生活情形。因为神话与传说，大抵演述古代史事，人物外形，可以幻想出之，而后来的故事中，那种在人们生活经验中没有见到过的面貌奇怪的神，没有使现实的人感到亲切而有趣，于是便慢慢地转变为神人的故事了。

---

① 悬　底本作"怨"，据《列仙传校笺》（P.90）改。
② 干　底本作"于"，据《列仙传校笺》（P.90）改。
③ 能　底本脱，据《列仙传校笺》（P.90）补。
④ 白　底本作"百"，据《列仙传校笺》（P.90）改。
⑤ 天　底本作"夫"，据《列仙传校笺》（P.90）改。
⑥ 张　底本作"清"，据史实改。

小说纂要

晋贾善翔记天上玉女,可以做凡人的妻子,一切思想态度与人无异,但能飞去:

> 魏济北郡从事掾①弦超,字义起。以嘉平中夜独宿,梦有神女来从之,自称天上玉女,东郡人,姓成公,字知琼,早失父母,天帝哀其孤苦,遣令下嫁从夫。超当其梦也,精爽感悟,嘉其美异,非常人之容,觉寤钦②想,若存若亡。如此三四夕。一旦,显然来游,驾辎軿车,从八婢,服绫罗绮绣之衣,姿颜容体,状若飞仙。自言年七十,视之如十五六……谓超曰:"我天上玉女,见遣下嫁,故来从君。不谓君德,宿时感运,宜为夫妇。不能有益,亦不能为损。然往来常③可得驾轻车、乘肥马,饮食常可得远味异膳,缯素常可得充用不乏。然我神人,不为君生子,亦无妒忌之性,不害君婚姻之义。"遂为夫妇……作夫妇经七八年,父母为超娶妇之后,分日而燕,分夕而寝,夜来晨去,倏忽若飞;唯超见之,他人不见。虽居暗④室,辄闻人声,常见踪迹,然不睹形。后人怪问,漏泄其事。玉女遂求去,云:"我神人

---

① 掾　底本作"椽",据《搜神记》(P.16)改。
② 钦　底本作"歆",据《搜神记》(P.17)改。
③ 常　底本作"当",据《搜神记》(P.17)改。下文径改。
④ 暗　底本作"闲",据《搜神记》(P.17)改。

也，虽与君交，不愿人知，而君①性疏漏，我今本末已露，不复与君通接。积年交结，恩义不轻，一旦分别，岂不怆怅！势不得不尔，各自努力！"又呼侍御，下酒饮啖。发箧，取织成裙衫两副遗超，又赠诗一首，把臂告辞，涕泣流离，肃然升车，去若飞迅。超忧感积日，殆至委顿。

六朝释教盛行，地狱轮回之说甚为普遍，加以神仙之说，犹嫌其离现实生活太远，于是有鬼魂之记载以代替神仙。如《搜神》《集异》《列异》《述异》《旌异》《古异》《甄异》以及《齐谐记》《幽明录》《集灵记》《冥祥记》等等，皆述鬼物之说。而鬼物除能变化外，余均与常人相似。

华歆为诸生时，尝宿人门外。主人妇夜产。有顷，两吏诣门，便辟易却，相谓曰："公在此！"踌躇良久，一吏曰："籍当定，奈何得住！"乃前向②歆拜，相将入。出并行，共语曰："当与几岁？"一人曰："当三岁。"天明，歆去。后欲验其事，至三岁，故往问儿消息，果已死。歆乃自知当为公。

---

① 君　底本脱，据《搜神记》（P.17）补。
② 向　底本脱，据《太平御览》（P.1664）补。

后果为太尉。(《太平御览》三百六十一引①《列异传》)②

沛郡人秦树者，家在曲阿小辛村。义熙中③，尝自京归，未至二十里许，天暗失道，遥望火花，往投之，见一女子秉烛出，云："女弱独居，不得宿客。"树曰："欲进路，碍夜不可前去，乞寄外住。"女然之。树既进坐竟，以此女独处一室，虑其夫至，不敢安眠。女曰："何以过嫌，保无虑，不相误也。"为树设食，食物悉是陈久。树曰："承未出适，我亦未婚，欲结大义，能相顾否？"女笑曰："自顾鄙薄，岂足伉俪？"遂与寝止。向晨树去，乃俱起执别。女泣曰："与君一睹，后面莫期。"以指环一双赠之，结置衣带，相送出门。树低头急去数十步，顾其宿处，乃是冢④墓。居数日，亡其指环，结带⑤如故。(《太平广记》三百二十四引《甄异传》)

王瑶，宋大明三年，在都病亡。瑶亡后，有一鬼，细长黑色，袒着犊鼻裈，恒来其家，或歌啸，或学人语，常以粪

---

① 引 底本作"行"，据文意改。
② 《太平御览》卷三百六十一所引《列异传》此段原作："华子鱼为诸生，尝宿人门外，主人妇夜生。有两吏来诣其门，便相向辟易，欲退。相谓曰：'公在此。'因踟蹰良久，一吏曰：'籍当定，奈何得住？'乃前，向子鱼拜。相将入，出共语曰：'当与几岁？'一人曰：'当与三岁。'子鱼后故往视之，儿果年三岁已死。乃自喜曰：'我固当公。'后果为太尉。"据《太平御览》(P.1664)注。
③ 义熙中 《太平广记》无此三字，据《太平广记会校》(P.5430)注。
④ 冢 底本作"家"，据《太平广记会校》(P.5430)改。
⑤ 结带 底本作"带结"，据《太平广记会校》(P.5430)改。

秽投人①食中。又于东邻庾家犯触人②，不异王家时。庾语鬼："以土石投我，了③非所畏，若以钱见掷，此真见困。"鬼便以新钱数十，正掷庾额。庾复④言："新钱不能令痛，唯畏乌钱耳！"鬼以乌钱掷之，前后六七过，合得百余钱。(《太平广记》三百二十五引《述异记》)

宋永初三年，吴郡张缝家忽有一鬼，云："汝分我食，当相佑助。"便与鬼食，舒席着地，以饭布席上，肉酒五肴；如是，鬼得便，不复犯暴人。后为作食，因以刀斫其所食处，便闻数十人哭，哭亦甚悲，云："死何由得棺材？"又闻云："主人家有梓船，奴甚爱惜，当取以为棺。"见担船至，有斧锯声，治船既竟，闻呼唤举尸着棺中。缝眼不见，唯闻处分，不闻下钉声，便见船渐渐升空，入云霄中，久久灭，从空中落，船破成百片，便闻如有百数人大笑云："汝那能杀我？我当为汝困者耶？但知恶心，我憎汝，故隐没船耳。"缝便回意奉事此鬼，问吉凶及将来之计，语缝曰："汝可以大瓮着壁角中，我当为汝觅物也。"十日一倒，有钱及金银铜铁鱼腥之属。

---

① 人　底本作"入"，据《太平广记会校》(P.5464) 改。
② 人　底本脱，据《太平广记会校》(P.5464) 补。
③ 了　底本作"终"，据《太平广记会校》(P.5464) 改。
④ 复　底本作"后"，据《太平广记会校》(P.5464) 改。

(《太平广记》三百二十三引《幽明录》)①

下邳陈超为鬼君弼所逐,改名何规,从②余杭步道还,求福,绝不敢出入。五年后,意渐替解,与亲旧临③水戏,酒酣,共说往来,超云:"不复畏此鬼也。"小俯首,乃见鬼影在水中,超惊怖。时亦有乘马者,超借④马骑之,下⑤鞭奔驱,此鬼与超远近常如初,微闻鬼云:"汝何规耶,急急就死。"(《太平御览》三⑥百五十九引《谢氏鬼神列传》)

小说至唐而形态渐臻完成,唐人小说虽多记人事,但亦间掺⑦神鬼的成分。如《虬髯客传》中写述虬髯客的先知,《无双传》

---

① 《太平广记》卷三百二十三所引《幽明录》此段原作:"宋永初三年,吴郡张隆家,忽有一鬼,云:'汝与我食,当相佑助。'后为作食,因以大刀斫其所食处。便闻数十人哭,哭亦甚悲,云:'死何由得棺?'又闻云:'主人家有破船,奴甚爱惜,当取为棺。'见取船至,有斧锯声。日既瞑,闻呼唤举尸置船中。隆皆不见,惟闻处分。便见船渐升空,入云霄中。及灭后,复闻如有数十人大笑云:'汝那能杀我也,但向以恶我憎汝,故隐没汝船耳。'隆便回意奉事此鬼,问吉凶及将来之计,语隆曰:'汝可以大瓮着壁角中,我当为觅物也。'十日一倒,有钱及金银铜铁鱼腥之属。"据《太平广记会校》(P.5406)注。
② 从　底本作"以",据《太平御览》(P.1653)改。
③ 临　底本作"唱",据《太平御览》(P.1653)改。
④ 借　底本作"备",据《太平御览》(P.1653)改。
⑤ 下　底本作"百",据《太平御览》(P.1653)改。
⑥ 三　底本作"二",据《太平御览》(P.1653)改。
⑦ 掺　底本作"椮",据文意改。

中写古押衙起死回生的神术,《柳毅传》①则所言为神,《任氏传》则所载为妖,《离魂记》与《李章武传》②所述者为鬼。纯记人事的小说为《李娃传》《莺莺传》等,其亲切感人的力量,超于言怪说鬼的小说之上。《李娃传》记长安娼女李娃和一世家少年的相恋,少年金尽,为娃母所逐,流落入凶肆作佣,因日习其挽歌。于是集群而歌,歌声凄怨,听者下泪。一日大会,其父适往观之,知为己子,但以为污辱门庭,去其衣服,笞之数百,弃之而去。其徒救之,经宿乃活,遂为乞丐。一日,遘李娃,娃怜之,乃与别居一院,督促攻读,凡三年,遂一士登甲科,复策名第一,授成都参军。其父复以为子,令娶李娃。此少年十年间至数郡,娃封汧国夫人。

宋人小说,一如唐代,但记述人事之小说,已渐发达。《宣和遗事》记李师师事及宋江等三十六人横行河朔的故事,即以记人为主体。此后章回小说中之《三国演义》《镜花缘》《水浒传》亦均记人事,对于人物性格之刻画较前大有进步。《西游记》虽所记为神怪,但亦寓有人事之评判。至于《红楼梦》及《儒林外史》则不但述人事,而且是当时现实生活中的人的故事,并不以奇异

---

① 《柳毅传》 底本作《柳氏传》。许尧佐《柳氏传》所述为韩翊与柳氏的故事,与鬼神无涉;李朝威《柳毅传》所述为洞庭龙女与书生柳毅的故事,据《太平广记会校》(P.7463)改。

② 《李章武传》 底本作《章氏传》。唐传奇无《章氏传》,《太平广记》卷三百四十《鬼二十五》收《李章武传》,据《太平广记会校》(P.5721)改。

小说🈸🈚

见长，在平凡的叙述中，有当时人物的典型性。例如《儒林外史》第二回写王举人的态度，实正是清代专制社会中一般举子们的典型：

> （周进）看时，中舱①坐着一个人，船尾坐着两个从人，船头上放着一担食盒。将到岸边，那人连呼船家泊船，带领从人，走上岸来。周进看那人时，头戴方巾，身穿宝蓝缎直裰，脚下粉底皂靴，三绺髭须，约有三十多岁光景。走到门口，与周进举一举手，一直进来，自己口里说道："原来是个学堂。"周进跟了进来作揖，那人还了个半礼道："你想就是先生了？"周进道："正是。"那人问从者道："和尚怎的不见？"说着，和尚忙走了出来道："原来是王大爷，请坐，僧人去烹茶来。"向着周进道："这王大爷就是前科新中的，先生陪了坐着，我去拿茶。"那王举人也不谦让，从人摆了一条凳子，就在上首坐了。周进下面相②陪。王举人道："你这位先生贵姓？"周进知他是个举人，便自称道："晚生姓周。"王举人道："去年在谁家作馆？"周进道："在县门口顾老相公家。"王举人道："足下莫不是就在我白老师手里曾考过一个案首的？说这几年在顾二哥家作馆，不差不差。"周进道：

---

① 舱　底本作"舵"，据《儒林外史》（P.21）改。
② 相　底本作"作"，据《儒林外史》（P.22）改。

"俺这顾东家，老先生也是相与的？"王举人道："顾二哥是俺户下册书，又是拜盟的好弟兄。"须臾，和尚献上茶来吃了。周进道："老先生的朱卷，是晚生熟读过的。后面两大股①文章，尤其精妙。"王举人道："那两股文章，不是俺作的。"周进道："老先生又过谦了，却是谁作的呢？"王举人道："虽不是我作的，却也不是人作的。那时头场，初九日，天色将晚，第一篇文章还不曾做完，自己心里疑惑，说，我平日笔下最快，今日如何迟了？正想不出来，不觉瞌睡上来，伏着号板，打一个盹，只见五个青脸的人，跳进号来，中间一人，手里拿着一枝大笔，把俺头上点了点，就跳出去了，随即一个戴纱帽、红袍金带的人，揭开帘子进②来，把俺拍了一下，说道：'王公请起！'那时俺吓了一跳，通身冷汗，醒转来，拿笔在手，不知不觉写了出来。可见贡院里③鬼神是有的。弟也曾把这话回禀过④大主考座师，座师就道弟该有鼎元之分。"

清代蒲松龄的《聊斋志异》虽以鬼狐目，但亦不过托之鬼狐以描摹人事而已，如写狐女婴宁的憨笑与憨态，亦本为天真未凿

---

① 股 底本作"段"，据《儒林外史》(P.22) 改。下文径改。
② 进 底本脱，据《儒林外史》(P.22) 补。
③ 贡院里 底本脱，据《儒林外史》(P.22) 补。
④ 禀过 底本作"京"，据《儒林外史》(P.22) 改。

小说**纂要**

之少女的常情:

　　次日至舍后,果有园半亩,细草铺毡,杨花糁径。有草舍三楹,花木四合其所。穿花小步,闻树头苏苏有声,仰视则婴宁在上,见生来①,狂笑欲堕。生曰:"勿尔,堕矣!"女且下且笑,不能自止,方将及地,失手而堕,笑乃止。生扶之,阴捉其腕,女笑又作,倚树不能行,良久乃罢。生俟其笑歇,乃出袖中花示之。女接之,曰:"枯矣,何留之?"曰:"此上元妹子所遗,故存之。"问:"存之何意?"曰:"以示相爱不忘也。自上元相遇,凝思成疾,自分化为异物,不图得见颜色,幸垂怜悯!"女曰:"此大细事,至戚何所靳惜?待兄行时,园中花,当唤老奴来,折一巨捆负送之。"生曰:"妹子痴耶?"女曰:"何便是痴?"生曰:"我非爱花。爱拈花人耳。"女曰:"葭莩之亲,爱何待言。"生曰:"我所谓爱,非瓜葛之爱,乃夫妻之爱。"女曰:"有以异乎?"曰:"夜共枕席耳。"女俯思良久,曰:"我不惯与生人睡。"语未已,婢潜至,生惶恐遁去。少时会母所,母问何往,女答以园中共话。媪曰:"饭熟已久,有何长言,周遮②乃尔。"女曰:"大哥欲③

---

① 见生来　底本作"视生",据《全校会注集评聊斋志异》(P.217)改。
② 周遮　底本作"啁啾",据《全校会注集评聊斋志异》(P.218)改。
③ 底本"欲"下衍"与",据《全校会注集评聊斋志异》(P.218)删。

我共寝。"言未已，生大窘，急目瞪之。女微笑而止，幸媪不闻，犹絮絮究诘。生急以他词掩之，因小语责女。女曰："适此语不应说耶？"生曰："此背人语。"女曰："背他人，岂得背老母！且寝处亦常事，何讳之？"

第二节　宗教意识、道德意识、社会意识

小说既渊源于神话，而宗教之兴亦由于神话意识，故小说与宗教的关系，很是密切。西洋小说中，颇多宗教意识之渗杂，其故即在于此。中国小说，因汉代方士之说盛行，故多仙岛神异之说。战国时，已盛行有"不死之药"，至秦始皇，乃使人入东海求之，故当时儒者已与方士相糅合（说本夏曾佑《中国历史教科书》）。加以战国时邹衍"海外九州"之说，亦为一般儒者所乐道，至汉武帝亦好此说，故小说中多写仙岛奇异的现象。《山海经》一书足为此类[①]的代表。但汉人小说，今已无存，鲁迅云："现存之所谓汉人[②]小说，盖无一真出于汉人，晋以来，文人方士，皆有伪作，至宋明尚不绝。文人好逞狡狯，或欲夸示异书，方士则意在自神其教，故往往托古籍以炫人。"

魏晋六朝，玄学之风甚盛，但佛教更为帝王所乐道，自虚无

[①] 类　底本作"数"，据文意改。
[②] 底本"人"下衍"的"，据《中国小说史略》(P.34)删。

与崇有的论争，一直到神灭、神不灭的质难，一方面表示儒家与玄学者的冲突，一方面表示着玄学与佛学的矛盾。但是终究得到了一种调和，那是在中国的变了质的印度文化，一种在原来的佛教之说中渗杂着儒道的思想的"中国佛教"，便奠定了基础。冯友兰《中国哲学史》：

> 佛学本为印度的产物，但中国人讲之，多将其加入中国人思想之倾向，以使成为中国之佛学。所谓中国人思想之倾向者，可分数点论之：
>
> （1）佛学中派别虽多，然其大体之倾向，则在于说明"诸行无常，诸法无我"。所谓外界，乃系吾人之心所现，虚妄不实，所谓空也。但由本书以上所讲观之，则中国人对于世界之见解皆为实在论，即以为吾人主观之外，实有客观的外界。谓外界必依吾人之心，乃始有存在，在中国人视之，乃非常可怪之论。故中国人讲佛学者，多与佛学所谓空者以一种解释，使外界为"不真空"（用僧肇语）。
>
> （2）"诸行无常，诸法无我，涅槃寂净"，乃佛教中之三法印。涅槃译言圆寂。佛之最高境界，乃永寂不动者，但中国人又注重人之活动，儒家所说之最高境界，亦即在活动中。如《易传》所说"天行健，君子以自强不息"，"自强不

息"即于活动中求最高境界也。即庄学最富于出世色彩①，然其理想中之真人至人，亦非无活动者，故中国人之讲佛学者，多以为佛之境界并非永寂不动。佛之净心亦"繁兴大用"，虽"不为世染"，而亦"不为寂滞"（《大乘止观法门》语）。所谓"寂而恒照，照而恒寂"（僧肇语）。

（3）印度社会中，阶级之分甚严，故佛学中有一部分谓有一种人无有佛性，不能成佛。但中国人以为"人皆可以为尧舜"，故中国人之讲学者多以为人人皆有佛性，即一阐提亦可以成佛（道生语）。又佛教中有轮回之说，一生物此生所有修行之成就，即为来生继续修行之根基。如此历劫修行，积渐始能成佛。如此说，则并世之人，其成佛之可能，均不相同。但中国人所说"人皆可以为尧舜"之义，乃谓人人皆于此生可为尧舜，无论何人，苟"服尧之服，行尧之行，言尧之言"，皆即是尧。而人之可以如此，又皆有其自由意志，故中国人之讲佛学者，又为"顿悟成佛"（道生语）之说。以为无论何人，"一念相应，便成正觉"（神会语）。

凡此倾向，非谓印度人所必无有，但中国之佛学家则多就此方面发挥也。

---

① 彩　底本作"务"，据《中国哲学史（下册)》（P.157）改。

作《神灭论》的范缜，是以玄学为立场来反对佛学的代表，他在这文的最后，提出他治世的主张道："若陶甄禀于自然，森罗均于独化，忽焉自有，恍尔而无，来也不御，去也不追，乘夫天理，各安其性；小人甘其垄亩，君子保其恬素……"而《难神灭论》的作者萧琛在他底文章中，则以儒者的思想为佛学辩护："佛之立教，本以好生恶杀，修善务施：好生非止欲繁育鸟兽，以人灵为重；恶杀岂可得缓宥逋逃，以哀矜断察；修善不必瞻丈六之形，以忠信为上；务施不苟使殚材土木，以周给为美……若有事君以忠，奉亲唯孝，与朋友信，如斯人者，犹以一眚掩德，蔑而弃之，裁犯虫鱼，陷于地狱，斯必不然矣。"

故六朝小说，颇多宗教意识。鲁迅所谓："中国本信巫，秦汉以来，神仙之说盛行，汉末又大畅巫风，而鬼道愈炽；会小乘佛教亦入中土，渐见流传。凡此，皆张皇鬼神，称道灵异，故自晋讫隋，特多鬼神志怪之书。其书有出①于文人者，有出于教徒者。文人之作，虽非如释道二家，意在自神其教，然亦非有意为小说，盖当时以为幽明虽殊涂，而人鬼乃皆实有，故其叙述异事，与记载人间常事，自视固无诚妄之别矣。"此种作风经唐宋而不衰，至于明代，"三教同源"之说又盛，现今流传之《西游记》，足为此派之代表。陈士②斌称此书作者之目的是在劝学（《西游真诠》），

---

① 出　底本脱，据《中国小说史略》（P.45）补。
② 士　底本作"子"，据《中国小说史略》（P.172）改。

张书绅云系谈禅（《西游正旨》）①，刘一明谓是讲道（《西游原旨》）；其实诚如鲁迅所谓"全书仅偶见五行生克之常谈，尤未学佛，故末回至有荒唐无稽之经目，特缘混同之教，流行来②久，故其著作，乃亦释迦与老君同流，真性与元神杂出，使三教之徒，皆得随宜附会而已"。清代效六朝志鬼怪之书，以蒲松龄的《聊斋志异》和纪昀的《阅微草堂笔记》为最有名。蒲氏之作品，纯借鬼狐以述人情，虽系志怪之书，实系隐指人事，称之为佛道说教，不如称之为传统的儒家说伦常之道。

佛教有因果地狱之说，为民间所信，故唐宋以后之小说，多以此为纲目，《喻世明言》《警世通言》《醒世恒言》《拍案惊奇》《今古奇观》等等之类皆是。即如当时目为淫书的《金瓶梅》，除记述人事外，亦杂以因果之谈。末述西门庆之子孝哥，遇普净和尚，遂出家，法名明悟。《金瓶梅》之续书，亦率以因果为言，盖明代崇尚方士，兼行房中术，当时风气如此，饰之以因果者，盖以此作劝世，借以自饰其说。如《续金瓶梅》第一回云："要说佛说道说理学，先从因③果说起，因果无凭，又从《金瓶梅》说起。"实则此种风气，明清皆然，即以写人情之《红楼梦》，亦偶

---

① 鲁迅《中国小说史略》论"明之神魔小说"曾引张书绅《西游正旨》，其后注曰："张书绅评本名《新说西游记》。另有一种《通易西游记正旨》，则出自清张含章之手。"据《中国小说史略》（P.175）注。

② 来　底本作"已"，据《中国小说史略》（P.172）改。

③ 从因　底本作"红楼"，据《金瓶梅续书三种·续金瓶梅》（P.2）改。

杂佛家之说，如"因空见色，由色生情，传情入色，自色悟空"，其他说禅谈理，亦时见于文章之中。

中国小说中，忠孝之思想，亦甚浓厚。汉代以后，儒家之说，始终为文人所重，故对于小说亦颇有"虽小道必有可观"之用意。胡应麟《笔丛》别小说为六类，其六曰"箴规"，《四库全书总目提要》中亦称："中间诬谩失真，妖妄荧听者，固为不少；然寓劝戒，广见闻，资考证者，亦错出其中。"例如《莺莺传》后述张生所以绝崔之言：

> 大凡天之所命尤物也，不妖其身，必妖于人，使崔氏子遇合贵富，秉娇宠，不为云为雨，则为蛟为螭，吾不知其所①变化矣。昔殷之辛，周之幽，据万乘之国，其势甚厚，然而一女子败之，溃其众，屠其身，至今为天下僇笑。予之德不足以胜妖孽，是用忍情。

又如乐史《绿珠传》后系之以论曰：

> ……其后诗人题歌舞妓者，皆以绿珠为名……盖②一婢子，不知书而能感主恩，愤不顾身，志烈懍懍，诚足使后人

---

① 所 底本脱，据《异闻集校证》（P.158）补。
② 底本"盖"上衍"其"，据《唐宋传奇集》（P.232）删。

第三章 中国小说内容之演化

仰慕歌咏也。至有享厚禄，盗高位，亡仁义之性，多反覆之情，暮四朝三，唯利是务①，节操反不若一妇人，岂不愧哉？今为此传，非徒述美丽，窒祸源，且欲惩戒辜恩负义之类也。

宋人话本说朝代兴亡以及人事变幻，一开篇便规以正心诚意忠国爱人之道，《水浒传》前亦加"忠义"两字，《七侠五义》《小五义》亦总称为"忠烈侠义传"，纪昀《阅微草堂笔记》自序亦称"不敢妄拟前②修，然大旨期不乖于风教"，亦即代表了正统派小说作者的思想。

中国小说之讨论及社会问题的，宋以前盖不多见。宋人《京本通俗小说》中《拗相公》一篇虽指斥王安石的新政，但近乎攻讦个人。明代之拟宋市人小说中，颇多对于当时社会风气之写述，如《醒世恒言·陈多寿生死夫妻》一则中写家庭勃谿之变：

> 朱世远的浑家柳氏，闻知女婿得个恁般的病症，在家里哭哭啼啼，抱怨丈夫道："我女儿又不腌臭起来③，为甚忙忙的九岁上就许了人家？如今却怎么好？索性那癞虾蟆死了，也出脱了我女儿。如今死不死，活不活，女孩儿年纪看看长成，

---

① 务　底本作"视"，据《唐宋传奇集》（P.232）改。
② 拟前　底本作"惭发"，据《阅微草堂笔记会校会注会评》（P.745）改。
③ 来　底本作"家"，据《冯梦龙全集·醒世恒言》（P.176）改。

嫁又嫁他的不得，赖又赖他的不得，终不然，看着那癞子守活孤孀不成？这都是王三那老乌龟一力撺掇，害了我女儿终身。"……一日，柳氏偶然收拾厨柜子，看见了象棋盘和那棋子，不觉勃然大怒，又骂起丈夫来，道："你两个只为这几着象棋上说得着，对了亲，赚了我女儿，还要留这祸[①]胎怎的？"一头说，一头走到门前，将那象棋子乱撒在街上，棋盘也掼做几片。朱世远是本分之人，见浑家发性，拦他不住，洋洋的躲开去了。

又李汝珍的《镜花缘》，是一部托之海外而写现实的故事，胡适《镜花缘的[②]引论》中说原作者序云"穷探野史，尝有所见"，所谓"所见"者即是当时社会问题的探讨。胡适云：

李汝珍所见的是几千年来忽略了的妇女问题。他是中国最早提出这个妇女问题的人，他的《镜花缘》是一部讨论妇女问题的小说。他对于这个问题的答案是，男女应该受平等的待遇，平等的教育，平等的选举制度……是要想借一些想象出来的[③]"海外奇谈"来讥评中国的不良社会习惯的。最

---

① 底本"祸"下衍"根"，据《冯梦龙全集·醒世恒言》(P.176) 删。
② 的 底本脱，以下引文出自胡适《镜花缘的引论》，据《中国旧小说考证》(P.445) 补。
③ 想象出来的 底本脱，据《中国旧小说考证》(P.457) 补。

明显的是第十一第十二回君子国的一大段，这里凡①提出了十二个社会问题：（1）商业贸易的伦理问题，（2）风水的迷信，（3）生子女后的庆贺筵宴，（4）送子女入空门，（5）争讼，（6）屠宰耕牛，（7）宴客的肴馔过多，（8）三姑六婆，（9）后母，（10）妇女缠足，（11）用算命为合婚，（12）奢侈。

又说：

> 女儿国唐敖治河一大段，也是寓言，含有社会的、政治的意义……这里句句都含有双关的意义，都是暗示一个短见的社会或短见的国家，只会用"筑堤""培岸"的方法来压制人民的能力。

又说：

> 李汝珍又在一个很奇怪的②背景里，提出一个很重大的妇女问题：他在两面国的强盗山寨里，提出男女贞操"两面标准"的问题。

---

① 凡　底本脱，据《中国旧小说考证》（P.457）补。
② 一个很奇怪的　底本作"一部奇怪"，据《中国旧小说考证》（P.468）改。

小说蠡要

此外,《儒林外史》中所述当时社会风气,亦极淋漓尽致之妙。鲁迅评其"时距明亡未百年,士流盖尚有明季遗风,制艺而外,百①不经意,但为矫饰,云希圣贤。敬梓之所描写者即是此曹,既多据自②所闻见,而笔又足以达之,故能烛幽索隐,物无遁形,凡官师、儒者、名士、山人,间亦有市井细民,皆现身纸上,声态并作,使彼世相,如在目前"。钱玄同序《儒林外史》,称其中写王玉辉之女殉夫,玉辉大喜,但当入祠建坊之际,反觉伤心,不肯出来,又说"在家日日看见老妻悲恸,心中不忍"。写良心和礼教的冲突,非常深刻。又如第六回写严贡生迎亲在船上的故事:

> 严贡生坐在船上,忽然一时头晕上来……叫四斗子……去烧起一壶开水……严贡生将钥匙开了箱子,取出一方云片糕来,约有十多片,一片片剥着,吃了几片,将肚子揉着,放了两个大屁,登时好了。剩下几片云片糕,搁在后鹅口板上,半日也不来查点。那掌舵的驾长害馋痨,左手把着舵,右手拈来,一片片的送在嘴里了。严贡生只作不见。少刻,船拢了码头……船家水手都来讨喜钱,严贡生转身走入舱③来,眼张失落的,四面看了一遭,问四斗子道:"我的药

---

① 百　底本作"有",据《中国小说史略》(P.229)改。
② 自　底本作"目",据《中国小说史略》(P.229)改。
③ 舱　底本作"舵",据《儒林外史》(P.65)改。

往那里去了？"四斗子道："何曾有什么药？"严贡生道："方才我吃的不是药？分明放在船板上的。"那掌舵的道："想是刚才船板上几片云片糕。那是老爷剩下不要的，小的大胆就吃了。"严贡生道："吃了？好贱的云片糕！你晓的①我这里头是些什么东西？"掌舵的道："云片糕，无非是些瓜仁、核桃、洋糖、粉面做成的了，有什么东西？"严②贡生发怒道："放你的狗屁！我因素日有个晕病，费了几百两银子，合了这一料药。是省里张老爷在上党做官带来的人参，周老爷在四川做官带了来的黄连……还说是'云片糕'！再说'云片糕'，先打你几个嘴巴！"……搬行李的脚夫走过③几个到船上来道："这事原是你船上人不是！方才若不是着④紧的问严老爷要喜钱酒钱，严老爷已经上轿去了。都是你们拦住，那严老爷才查到这药。"

此后刘鹗之《老残游记》、李宝嘉之《官场现形记》、吴趼人之《二十年目睹之怪现状》，亦暴露当时社会之黑暗，但其弊流于过分之谴谪，仅足使读者发噱而已。

---

① 底本"的"上衍"得"，据《儒林外史》（P.65）删。
② 严　底本脱，据《儒林外史》（P.65）补。
③ 过　底本脱，据《儒林外史》（P.65）补。
④ 着　底本作"如此"，据《儒林外史》（P.65）改。

第三节 侠义与性爱

中国社会，建立在以家为单位的小资产阶级的制度上[①]，在农民们的心目中，对于那些不事桑麻而获取高位厚禄的官吏，有时不免乎愤怒；而对专制制度，又受历来传统礼教的约束，不敢有反抗的行为。于是对于那些封建制度下所存在的豪富官绅的愤怒，只有以想象的"义、侠"之士来对付；于是在小说中便有了侠义的故事，及其末流，受神怪、羽书、方技、佛教等影响，而流为纯粹荒诞的剑侠小说。

食色原为原始人类的本能，古代以女子为男子的附属品，在行为上，尽可认为伦常，畅其所欲；但在文字上，却因受礼教的约束，不敢公然笔之于书，对于《诗经》的《关雎》，也只能用"好色而不淫"的话来解嘲。但在被认为小道的"小说"上，则颇多写性爱的故事。因为性爱亦系人类最普通的感情，以家庭为[②]社会最基本单位的中国人民，尤以夫妻为[③]齐家之本。于是由神鬼为[④]经纬的性爱小说，而进为爱情小说，其末流则流入于专写性交之小说。

---

① 书成于二十世纪四十年代，原书观点，一仍照旧。
② 为 底本作"以"，据文意改。
③ 为 底本作"的"，据文意改。
④ 为 底本作"的"，据文意改。

第三章 中国小说内容之演化

侠义与性爱,是中国小说中所常有的题材。但是聪明的作者们怕受到社会的非议,于是侠义的结果必定是忠君,非礼的相爱[①]必遭报应。于是以叛乱为主的小说,反而变成了忠于其主的教本;专写淫乱的小说,反而变成了说教的善书。此亦由于喜欢面子的风尚,大家明知道是那么一套,但是却不肯说破。金圣叹评《西厢记》中写张生与莺莺性交的一节,叹为天地之至文;评《水浒传》可以上比《庄子》《史记》。当时之儒者,即目之为妖异,甚至说金圣叹之受戮,即是诲盗、诲淫之报。

Walter Besant 的《小说的艺术》中将浪漫派小说的题材分为下列四种:1.偶然的事实;2.奇特的事实;3.娱乐的事实;4.有趣之事实。合于人类现实生活的侠义行为和性爱,实符合上述四种要求,故常为中国文人所乐道。

侠义的行为,为史家所乐道,故《史记》有《刺客列传》,载曹沫、专诸、豫让、聂政、荆轲五人的故事。而战国孟尝、信陵、平原、春申四公子之好义,亦为后人所景仰。巨人力士,亦神话之所常有。六朝佛教甚盛,以无为为事,故侠义故事不行,至唐而始有侠义小说。盖唐代藩镇之祸日深,颇思得人以安社稷,如《红线传》,以一弱女子而有武术,《章台柳》以侠士成全韩翃之爱

---

① 爱 底本作"忧",据文意改。

小说䌷要

情,《昆仑奴》①的磨勒与《无双传》中之古押衙,几同仙道。如《红线传》之写红线:

> 乃入闺房,饰其行具。梳乌蛮髻,攒金凤钗,衣紫绣短袍,系青丝轻屦,胸前佩龙文匕首,额上书太乙神名,再拜而行,倏忽不见。

薛嵩乃返身闭户,背烛危坐②,不多时,"忽闻晓角吟风,一叶堕露,惊而试问,即红线回矣"。于是红线自述其经历道:

> 某子夜前三刻,即达魏郡,凡历数门,遂及寝所。闻外宅男止于房廊,睡声雷动,见中军士卒步于庭庑,传呼风生。某发其左扉,抵其寝帐,见田亲家③翁正④于帐内鼓跃酣眠……枕前露一七星剑,剑前仰开一金合,合内书生身甲子与北斗神名……扬威玉帐,但期心豁于⑤生前;同梦兰堂⑥,

---

① 《昆仑奴》 底本作《红拂传》。下引人物角色"磨勒"出自裴铏《昆仑奴传》,据《裴铏传奇》(P.6)改。
② 坐 底本作"生",据《唐人小说》(P.261)改。
③ 家 底本脱,据《唐人小说》(P.261)补。
④ 正 底本作"止",据《唐人小说》(P.261)改。
⑤ 于 底本作"然",据《唐人小说》(P.261)改。
⑥ 兰堂 底本作"金兰",据《唐人小说》(P.261)改。

不觉命悬于手下。宁劳擒纵①，只益伤嗟……遂持金合以归。出魏城西门，将行二百里，见铜台高揭，漳水东流；晨飙动野，斜月②在林。怂往喜还，顿忘于行役；感知酬德③，聊副于心期。所以夜漏三时，往返七百里；入危邦，道经五六城；冀减主忧，敢言其苦。

变文之中，《目犍连救母变文》即以佛教故事，以演说目连之侠义行为：

目连承④佛威力，腾身向下，急如风箭，须臾之间，即至阿鼻地狱。空中见五十个牛头马面，罗刹夜叉，牙如剑树，口似血盆，声如雷鸣，眼如掣电，向天曹⑤当值。逢着目连，遥报言："和尚莫来，此间不是好道！此是地狱之路。西边黑烟之中，总是狱中毒气，吸着和尚化为灰尘处⑥！"

宋元人话本及"三言"之中，写侠义的故事者亦不少，如今

---

① 纵　底本作"获"，据《唐人小说》（P.261）改。
② 月　底本作"日"，据《唐人小说》（P.261）改。
③ 德　底本作"恩"，据《唐人小说》（P.261）改。
④ 承　底本作"丞"，据《敦煌变文选注》（增订本）（P.904）改。
⑤ 曹　底本作"冑"，据《敦煌变文选注》（增订本）（P.904）改。
⑥ 此处"处"字为变文分节的"结构标志"，据《中国古典小说回目研究》（P.73—74）注。

尚存在《今古奇观》中的《徐老仆义愤成家》《老门生三世报恩》《羊角哀舍命全交》等等，推其事则重在现实的故事，与唐代传奇、变文之托于虚构者绝不相同，而其感人之力亦因而愈大。

侠义小说中之长篇最负盛名的作品，当推《水浒传》。《水浒传》述宋江等一百单八人之间的交谊，处处以豪侠友谊为着眼，而适合于农民阶级之心理，故其事大行。但仍以"忠孝"为全书说教之旨，以因果报应为惩善罚恶之戒。但对于当世煊赫之豪富，亦施以痛快之贬罚。且侠义之人，亦不限于武士，卖浆推车者流，亦各具有侠义心肠，又与《三国演义》之单以刘、关、张为中心者不同，与中世纪骑士式的侠义亦有不同。

至于谈性爱的故事，在希腊神话中其例甚多，在中国不易多见。传说牵牛、织女本为夫妇，天帝以他们荒废工作，遂以银河为界，每年七夕重逢一次，托名东方朔的《神异经·东南荒经》中称东南大荒之中有夫妇并立，天帝因此夫妇开河不力，故罚令站立，"男露其势，女露其牝"，"须黄河清，当复使其夫妇导①护百川"。其他如萧史秦女、江汉解佩，均为传说上的性爱故事，而富有神话的色彩。

魏晋六朝之鬼神小说中，多以男女情爱为鬼神故事之结构者，但明言为夫妇，而不及其情，盖重在明鬼，不以言情为主。晋贾

---

① 导　底本作"等"，据《汉魏六朝笔记小说大观·神异经》（P.51）改。

善翔《天上玉女记》，言弦超娶仙女为妇，后"漏泄其事"，"玉女遂求去"，于是"把臂告辞，涕泣流离，肃然升车，去若飞迅"。干宝《搜神记》中载卢充野行入坟墓，与崔女婚，"时为三日，给食三日毕，崔谓充曰：君可①归矣，女有娠相"。唐人小说所载，如牛僧孺之《周秦行纪》，盖本于此。其他如《游仙窟》，则兼写其调笑之情：

> 十娘唤香儿为少府设乐，金石并奏，箫管间响。苏合弹琵琶，绿竹吹筚篥，仙人鼓瑟，玉女吹笙……遂舞，著词曰："从来巡绕四边，忽逢两个神仙。眉上冬天出柳，颊中旱地生莲。千看千处妩媚，万看万种嫣妍。今宵若其不得，剌命过与黄泉。"……十娘咏曰："得意似鸳鸯，情乖若胡越。不向君边②尽，更知何处歇？"十娘曰："儿等并无可收采，少府公云'冬天③出柳，旱地生莲'，总是相弄也。"

唐人传奇写性爱小说之长，即在能解脱六朝以鬼神为纲之窠臼，而及于现实的人类生活，《飞烟传》《李娃传》等等均是，而尤以《会真记》为最胜，写男女之情，颇能尽曲折细腻之致，与

---

① 可　底本作"子"，据《搜神记》（P.204）改。
② 边　底本作"近"，据《游仙窟校注》（P.22）改。
③ 天　底本作"夫"，据《游仙窟校注》（P.22）改。

《西厢记》所描写的异曲同工，使读者但觉其美，而忘秽亵之情：

> 俄而红娘捧崔氏而至，至则娇羞融冶①，力不能运支体，曩②时端庄，不复同矣。是夕，旬有八日也，斜月晶莹，幽辉半床。张生飘飘然，且疑神仙之徒，不谓从人间至矣……天将晓，红娘促去。崔氏娇啼宛转，红娘又捧之而去，终夕无言。张生辨色而兴，自疑曰："岂其梦邪？"及明，睹③妆在臂，余香在衣，泪光荧荧然，犹莹于茵席而已。

宋元人话本中写情爱之作亦多，但颇受当世因果说之影响，"三言"之见于今存《今古奇观》者，有《王娇鸾百年长恨》《乔太守乱点鸳鸯谱》等篇，以写世情者多。《金瓶梅》写人情亦颇曲折，但描写性交部分，多堕恶趣。以言情而能纤析毫末者，当推清代之《红楼梦》，而处处以"缺陷的美"来表现人生，实为写情小说之上乘。关于"性"的写述，辄于无意中说明一二，较了《金瓶梅》之专以此为重要部分者，自异其趣。今录数节，以见一斑：

---

① 冶　底本作"洽"，据《异闻集校证》（P.154）改。
② 曩　底本作"襄"，据《异闻集校证》（P.154）改。
③ 睹　底本作"靓"，据《异闻集校证》（P.154）改。

这日,宝玉因见湘云渐愈,然后去看黛玉,正值黛玉才歇午睡,宝玉不敢惊动。因紫鹃正在回廊上手里做针线,便上来问他:"昨日夜里咳嗽的可好些?"紫鹃道:"好些了。"宝玉道:"阿弥陀佛,宁可好了吧!"紫鹃笑道:"你也念起佛来,真是新闻!"宝玉笑道:"所谓'病笃乱投医了'。"一面说,一面见他穿着弹墨绫子的薄绵袄,外面只穿着青缎子夹背心,宝玉便伸手向他身上抹了一抹,说道:"穿得这样单薄,还在风口里坐着。春风才至,时气最不好,你再病了,越发难了。"紫鹃便说道:"从此咱们只可说话①,别动手动脚的。一年大二年小的,叫人看着不尊重,又打着那起混账行子们背地里说你。你总不留心,还只管合小时一般行为,如何使得?姑娘常吩咐我们,不叫合你说笑,你近来瞧他,远着你还恐来不及呢!"说着,便起身携了针线进别房去了。宝玉见了这般景况,心中忽觉浇了一盆冷水一般,只看着竹子,发了回呆……随便坐在一块石上出神,不觉滴下泪来。直呆了五六顿饭工夫,千思万想,总不知如何是好。偶值雪雁从王夫人房中取了人参来,从此经过……便走过来,蹲下笑道:"你在这里做什么呢?"宝玉忽然见了雪雁,便说道:"你又作什么来招我?你难道不是女儿?他

---

① 话 底本作"说",据《戚廖生序本石头记》(P.2146)改。

既防嫌,总①不许你们理我,你又来寻我,倘被人看见,岂不又生口舌?你快家去了罢。"雪雁听了,只当他又受了黛玉的委屈,只得回至房中,黛玉未醒……雪雁道:"姑娘还没有醒呢,是谁给宝玉受气,坐在那里哭呢。"……紫鹃听说,忙放下针线……一直来寻宝玉。走到宝玉跟前,含笑说道:"我不过说了两句话,为的是大家好,你就赌气,跑到这风地里来哭,作出病来吓我。"宝玉忙笑道:"谁赌气了?我因为听你说的有理,我想你们既是这样说,自然别人也是这样说,将来渐渐的都不理我了,我所以想着自己伤心。"(五十七回)

宝玉瞅了半天,方说道:"你放心!"林黛玉听了,怔了半天,说道:"我有什么不放心?我不明白这话,你倒说说怎么'放心不放心'。"宝玉叹了一口气,说道:"你果然不明白这话,难道我素日在你身上的心都用错了?连你的意思都体贴②不着,就难怪你天天为我生气了。"林黛玉道:"果然我不明白你的'放心不放心'的话。"宝玉点头叹道:"好妹妹,你别哄我,果然不明白这话,不但我素日的心白用了,且连你素日待我的意思也都辜负了。你皆因总③是不放

---

① 总 底本作"从",据《戚廖生序本石头记》(P.2148)改。
② 体贴 底本作"贴贴",据《戚廖生序本石头记》(P.1189)改。
③ 总 底本作"多",据《戚廖生序本石头记》(P.1189)改。

心的原故，才弄了一身的病；但凡宽慰些，这病也不得一日重似一日！"

林黛玉听了这话，如轰雷掣电，细细思之[①]，竟比自己肺腑中掏出来的还要恳切，竟有万句言语，满心要说，只是半个字也不能吐，却怔怔的望着他。此时宝玉心中也有万句言词，不知一时从那一句说起，却也怔怔的望着黛玉。两个人怔了半天，林黛玉只咳了一声，两眼不觉滚下泪来，回身便要走。宝玉忙上前拉住道："好妹妹，且略站住，我说一句话再走。"黛玉一面拭泪，一面将手推开，说道："有什么可说的？你的话，我都知道了。"口里说着，却头也不回，竟自走了。宝玉望着，只管发起呆来。（三十二回）

第四节 小说主题之因袭性

由于中国文人对于文章重形式而忽略内容的缘故，许多小说的主题都是因袭固有的故事，即是将原有的内容改换一种新的形式来写述。这种例子很多很多，例如《莺莺传》一变而为《商调蝶恋花》，再变而为《弦索西厢》，再变而成《西厢记》；古代杞梁之妻的传说，流变成孟姜女的故事。又因为每一时代和国外文

[①] 之 底本作"了"，据《戚廖生序本石头记》（P.1190）改。

化的接触，故事的题材也许多是由采用外来的事实而加以修饰，这类的例子也是很多。

以固有的传说作为故事的题材，晋代小说中便可以看到。周秦诸子中有很多的寓言和传说，到了晋代便袭取它的材料，写成故事。也有袭取相类似的故事，合为一篇较长较复杂的故事的。例如陶渊明的《桃花源记》，为今人所传诵，但在刘敬叔的《异苑》与任昉的《述异记》中，亦有类似的记载：

> 元嘉初，武溪蛮人射鹿，逐入石穴，才容人。蛮人入穴，见其旁有梯，因上梯，豁然开朗，桑果蔚然，行人翱翔，亦不以为怪。此蛮于路斫树为记，其后茫然，无复仿①佛。（《异苑》）
>
> 武陵源②在吴中，山无他木，尽生桃李，俗呼桃李源。源上有石洞，洞中有乳水。世传秦末丧乱，吴中人于此避难，食桃李实者皆得仙。（《述异记》）

陶渊明的《桃花源记》中采取了传说中"石穴""桃李""避乱""迷路"各节，变其人为渔人，时代为太元，再将石穴中的情

---

① 仿　底本作"恍"，据《汉魏六朝笔记小说大观·异苑》（P.600）改。
② 源　底本作"溪"，据《唐前志怪小说辑释》（P.421）改。

形加以详细的刻画。任昉的时代较陶稍迟，但此种传说或系早已有了，陶氏是将传说加以演化的，而任氏直录传说，不加点染，亦未可知。又如：

> 南顿张助，于田中种禾，见李核，欲持去，顾见空桑中有土，因植种，以余浆灌溉。后人见桑中反复生李，转相告语。有病目痛者，息阴①下，曰："李君！令我目愈，谢以一豚。"目痛小疾，亦行自愈。众犬吠声，盲者得视，远近翕赫。其下车骑常数千百，酒肉滂沱。间一岁余，张助远出来还，见之，惊云："此有何神？乃我所种耳"。因就斫之。（干宝《搜神记》）

> 汝阳有彭氏墓，近大道。墓口有一石人，田家老母到市买数片饵以归，天热，过阴彭氏墓口树下，以所买饵暂着石人头上，及去，忘取之。后来者见石人头上有饵，求而问之。或人调云："此石人有神，能治病，病愈者以饵来谢之。"如此转以相语云："头痛者摩石人头，腹痛者摩石人腹，还以自摩，无不愈者。"遂千里来求石人治病，初具鸡豚，后用牛羊，为立帷帐，管弦不绝，如此数年。前忘饵母闻之，乃为

---

① 阴　底本作"李"，据《搜神记》（P.65）改。

人说，无复往者。（葛洪《抱朴子》）①

会稽石亭埭②有大枫树，其中空朽，每雨，水辄满盈，有估客载生鳝至此，聊放一头于朽树中，以为狡狯。村民见之③，以鱼鳝非树中之物，咸谓之神，乃依树起屋，牢牲祭祀，未尝虚日，因遂名"鳝父庙"。人有祈请及秽慢，则祸福立至。后估客还，见其如此，即取作臛，于是遂绝。（《异苑》）

里面所说的东西虽然不同，但是它底故事的组织是完全相同的。一种偶然的事实，使大家惊以为神，从而敬祀之，终于说穿了神秘，"无复往者"。此三个故事，虽各记所闻，但是主题可以说是因袭的。又如：

天门④郡有幽山峻谷，而其上⑤人有从下经过者，忽然

---

① 葛洪《抱朴子》此段原作："汝南彭氏墓近大道，墓口有一石人，田家老母到市买数片饼以归，天热，过荫彭氏墓口树下，以所买之饼暂着石人头上，忽然便去，而忘取之。行路人见石人头上有饼，怪而问之。或人云：'此石人有神，能治病，愈者以饼来谢之。'如此转以相语，云：'头痛者摩石人头，腹痛者摩石人腹，亦还以自摩，无不愈者。'遂千里来就石人治病，初但鸡豚，后用牛羊，为立帷帐，管弦不绝，如此数年。忽日前忘饼母闻之，乃为人说，始无复往者。"据《抱朴子内篇校释》（P.160—161）注。
② 埭 底本脱，据《汉魏六朝笔记小说大观·异苑》（P.640）补。
③ 之 底本作"人"，据《汉魏六朝笔记小说大观·异苑》（P.640）改。
④ 门 底本作"都"，据《博物志校证》（P.111）改。
⑤ 上 底本作"土"，据《博物志校证》（P.111）改。

踊出林表①，状如飞仙，遂绝迹。年中如此甚数，遂名此处为"仙谷"。有乐道好事者，入此谷中洗沐②，以求飞仙，往往得去。有长意思人，疑必为妖怪，乃以大石自坠，牵一犬入谷中，犬复飞去。其人还告乡里，募数十人，执杖，搞山草，伐木，至山顶观之。遥见一物，长数十丈，其高隐人，耳如簸箕。格射刺杀之。所③吞人骨积此左右，有成封。蟒开口广丈余，前后失人，皆此蟒气所噏上。于是此地遂安稳无患④。（张华《博物志》）

南中有选仙场。场在峭崖之下，其绝顶有洞穴，相传为神仙之窟宅也。每年中元日，拔一人上升。学道者筑坛于下，至时⑤，则远近冠帔，咸萃于斯⑥。备科仪，设斋醮，焚香祝数，七日而后，众推一人道德最高者，严洁至诚，端简立于坛上。余人皆掺袂别而退，遥顶礼顾望之。于时有五色祥云，徐自洞门而下，至于坛场，其道高者冠衣不动，合双掌，蹑五云而上升。观者靡不涕泗健羡，望洞门而作⑦礼。如是者年一两人。次年有道高者合选，忽有中表间一比丘，

---

① 林表　底本脱，据《博物志校证》（P.111）补。
② 洗沐　底本作"沐浴"，据《博物志校证》（P.111）改。
③ 所　底本作"有"，据《博物志校证》（P.111）改。
④ 患　底本作"恙"，据《博物志校证》（P.111）改。
⑤ 时　底本作"是"，据《太平广记会校》（P.8185）改。
⑥ 斯　底本作"是"，据《太平广记会校》（P.8185）改。
⑦ 作　底本作"祝"，据《太平广记会校》（P.8185）改。

自武都山往与诀别。比丘怀雄黄一斤许,赠之,曰:"道中唯重此药,请密置于腰腹之间,慎勿遗失之。"道高者甚喜,遂怀而升坛。至时,果蹑云而上。后旬余,大觉山岩臭秽。数日后,有猎人自岩旁攀援,造其洞,见有大蟒腐烂其间,前后上升者骸骨山积于巨穴之间。盖五色云者,蟒之毒气,常呼吸此无知道士充其腹,哀哉!(范资①《玉堂闲话》)

又如唐传奇中的《补江总白猿传》,其中记载欧阳纥的妻子为白猿所摄去的故事。按汉代焦延寿《易林》中已有"南山大玃,盗我媚妾"的话。张华《博物志》中也有这样类似的故事。又如传奇中《南柯太守传》《枕中记》两篇,宋洪迈《容斋四笔》中引《列子》载周穆王时西极化人之说,称此两文的故事,即本于此。鲁迅以为干宝《搜神记》中有焦湖庙祝以玉枕使杨林入梦事,为此两篇故事所本,其说可信。清代蒲松龄有《续黄粱》一篇,亦本于此。又如《无双传》记述王仙客与刘无双的恋爱故事。唐淮西节度使李希烈之乱,彼此失散,三年后,邂逅于京师途中,无双已点入宫中,仙客求助于侠士古押衙,乃诈赐药致无双死,窃其尸,再令复活,与仙客逃往西蜀终老。范摅《云溪友议》亦有相仿的故事:

---

① 《玉堂闲话》为五代人王仁裕所作,此处题为范资,乃受旧小说乱题撰人之影响。

> 有崔郊秀才者，寓居于汉上，蕴精文艺，而物产罄悬。亡何，与姑婢通，每有阮咸之从。其婢端丽，饶①彼音律之能，汉南之最也。姑鬻婢于连帅，帅爱之，以类无双，给钱四十万，宠眄弥深。郊思慕不已，即强亲府署，愿一见焉。其婢因寒食来从事家，值郊立于柳阴，马上连泣②，誓若山河。崔生赠以诗曰："公子王孙逐后尘，绿珠垂泪滴罗巾。侯门一入深如海，从此萧郎是③路人。"诗闻于帅，遂以归崔。④

"无双"下原有注云："即薛太保之爱妾，至今图画观之。"则无双原系美女之名。此种传说，亦已盛行于民间了。至如后世戏曲，因袭前人的故事者尤多。

至如受国外文化之影响，有本国外的传说故事写成小说的，其例亦多。霍世休曾撰有《唐代传奇文与印度故事》一文（见《文学》二卷六号），以为《南柯太守传》《枕中记》系本鸠摩罗什所译的《大庄严论经》卷十二第六十五故事，并引《杂宝藏经》卷二"婆罗那比丘为恶生王所苦恼"中尊者迦旃延为婆罗那现梦一段，并推论《搜神记》及《列子》所载亦有源本佛经的可

---

① 饶　底本作"晓"，据《云溪友议校笺》（P.17）改。
② 泣　底本作"泫"，据《云溪友议校笺》（P.17）改。
③ 是　底本作"陌"，据《云溪友议校笺》（P.17）改。
④ 此句并非出自《云溪友议》，当为转引鲁迅《唐宋传奇集·稗边小缀》之撮述，据《云溪友议校笺》（P.17）、《唐宋传奇集》（P.326—327）注。

能。他说:"魂游的故事在中国最早见于《续搜神记》,无疑的也是来自印度,因为当时正是佛经输入中国很盛的时期,而《搜神记》与《续搜神记》都同佛经有着相当的关系。到了唐代,这类故事更加多了。李氏的《南柯太守传》而外,张读的《宣室志》有《娄师德》一篇,叙娄氏魂游地府,这个不消说,更是印度的故事。"其他如《柳毅传》记龙女故事,亦谓系受印度故事的影响。还有《补江总白猿传》,郑振铎《中国文学史》"传奇文之兴起"一章中也说是与印度故事有关,他说:"纥妻被夺事,大类印度最流行的拉马耶那(Ramayana)的传说;而若飞的神猿,又是这个传说中之所有的。或者中土的讲谈者把魔王的拉瓦那(Ravana)和救人的猿竟缠合而为一了吧。"又如马中锡《中山狼传》写中山狼忘恩负义要噬食东郭先生而为丈人所救事,郑振铎有《中山狼故事之变异》一表:

故事来源	施恩的人	忘恩的兽	兽所遇之困厄	初次遇见之二或三物	最后遇见之人或物
《中山狼传》及《中山狼杂剧》	东郭先生	狼	赵简子打猎	牛、杏树	杖藜老子
《中山狼院本》	东郭先生	狼	赵简子打猎	牛、杏树	土地神
《列那狐的历史》(文基译本)	人	蛇	落于网中	乌鸦、熊与狼	狐

Steele 的《潘①约的故事》	婆罗门	虎	落于陷阱中	Pipae 树、水牛	豺儿
《西伯利亚故事》	Kirghtz	蛇	鹳②的捉食	牛、榆树	狐
《高丽的神仙故事》（Criffih）	和尚	虎	落于陷③阱中	大树、石神	青蛙
Asbjornsen and Moe 的《挪威民间故事》		龙	被压于大石下	狗、马	狐

又如梁吴均《续齐谐记》中有《阳羡鹅笼记》的故事，唐段成式《酉阳杂俎》称出自天竺："释氏《譬喻经》云：'昔梵志作术，吐出一壶，中有女子，与屏处作家室。梵志少息；女复作术，吐出一壶，中有男子，复与共卧。梵志觉，次第互吞之。柱杖而去。'余以吴均尝览此书，讶其说，以为至怪也。"《观佛三昧海经》中说观佛苦行时白毫毛相云："天见毛内有百④亿光，其光微妙，不可具宣。于其光中，现化菩萨，皆修苦行⑤，如此不异。菩萨不小，毛亦不大。"晋代《灵鬼志》亦有类似这样的故事，见《法苑珠林》及《太平御览》所引：

---

① 潘　底本作"沈"，据《中国文学研究（下）》（P.272）改。
② 鹳　底本作"鹤"，据《中国文学研究（下）》（P.272）改。
③ 陷　底本脱，据《中国文学研究（下）》（P.272）补。
④ 百　底本脱，据《中国小说史略》（P.52）转引补。
⑤ 皆修苦行　底本作"皆苦修行"，据《中国小说史略》（P.52）转引改。

太元十二年，有道人外国来，能吞刀吐火，吐珠玉①金银。自说其所受师，即白衣，非沙门也。尝行，见一人担担②，上有小笼子，可受升余。语担人云："吾步行疲极，欲寄君担。"担人甚怪之，虑是狂人，便语之云："自可耳。"……即入笼中，笼不更大，其人亦不更小，担之亦不觉重于先。既行数十里，树下住食，担人呼共食，云"我自有食"，不肯出……食未半，语担人，"我欲与妇共食"，即复口中吐出女子，年二十许，衣裳容貌甚美，二人便共食。食欲竟，其夫便卧。妇人语担人："我有外夫，欲来共食，夫觉，君勿道之。"妇便口中出一年③少丈夫，共食。笼中便有三人，宽急之事，亦复不异。有顷，其夫动，如欲觉，妇便以外夫内口中。夫起，语担人曰"可去"，即以妇纳口中……

《续齐谐记》中所述大致相同，但改担人为阳羡许彦，改外国道人为一年十七八之书生。最后复述铜盘之铭题，仍有求其信实之意：

阳羡许彦于绥安山行，遇一书生，年十七八，卧路侧，云脚痛，求寄鹅笼中。彦以为戏言。书生便入笼，笼亦不更

---

① 珠玉　底本"珠玉"下衍"食"，据《法苑珠林校注》（P.1821）删。
② 担　底本作"文"，据《法苑珠林校注》（P.1821）改。
③ 年　底本脱，据《法苑珠林校注》（P.1822）补。

广，书生亦不更小，宛然与双鹅并坐，鹅亦不惊。彦负笼而去，都①不觉重。前行息树下，书生乃出笼，谓彦曰："欲为君薄设。"彦曰："善。"乃口中吐出一铜奁子，奁子中具诸肴馔……酒数行，谓彦曰："向将一妇人自随，今欲暂邀之。"彦曰："善。"又于口中吐一女子，年可十五六，衣服绮丽，容貌殊绝，共坐宴。俄而书生醉卧，此女谓彦曰："虽与书生结妻，而实怀怨。向亦窃得一男子同行，书生既眠，暂唤之，君幸勿言。"彦曰："善。"女子于②口中吐出一男子，年可二十三四，亦颖悟可爱，乃与彦叙寒温。书生卧欲觉，女子口吐一锦行障遮书生，书生乃留女子共卧。男子谓彦曰："此女子虽有心，情亦不甚③，向复窃④得一女⑤人同行，今欲暂见之，愿君勿泄。"彦曰："善。"男子又于口中吐一妇人，年可二十许，共酌，戏谈甚久。闻书生动声，男子曰："二人眠已觉。"因取所吐女人，还纳口中。须臾，书生处女乃出，谓彦曰："书生欲起。"乃吞向男子，独对彦坐。然后书生起，谓

---

① 都 底本作"却"，据《汉魏六朝笔记小说大观·续齐谐记》（P.1006）改。

② 于 底本脱，据《汉魏六朝笔记小说大观·续齐谐记》（P.1006）补。

③ 女子虽有心，情亦不甚 底本作"女虽有情，心亦不尽"，据《汉魏六朝笔记小说大观·续齐谐记》（P.1007）改。

④ 窃 底本作"获"，据《汉魏六朝笔记小说大观·续齐谐记》（P.1007）改。

⑤ 底本"女"下衍"子"，据《汉魏六朝笔记小说大观·续齐谐记》（P.1007）删。

彦曰："暂眠遂久，君独坐，当悒悒邪？日又晚，当与君别。"遂吞其女子，诸器皿悉纳口中。留大铜盘，可二尺广，与彦别，曰："无以藉君，与君相忆也。"彦大元中为兰台令史，以盘饷侍中张散。散看其铭题，云是永平三年作。

至于元代以后的曲子，它们故事的内容因袭于古代的更多，例如南戏中最负盛名的《牡丹亭》，作者汤显祖在题词中称："传杜太守事者，仿佛晋武都守李仲文、广州守冯孝将儿女事。予稍为更而演之。至于杜守收拷柳生，亦如汉睢阳王收拷谈生也。"此三故事，均系魏①晋六朝的神奇故事，首二则见于《法苑珠林》，后一则见于《列异传》：

晋时武都太守李仲文，在郡丧女，年十八，权假葬郡北。后张世之代为郡。世之男（字子常）年二十，梦一女，自言前府君女，不幸而夭，今当更生，心相爱慕，故来相就。其魂忽然昼现，遂共枕席。后发棺视之，女尸已生肉，颜姿如故。梦女曰："我将得生，今为君发，事遂不成。"垂泪而别。

东晋冯孝将，广州太守，儿名马子，年二十余。夜梦见

---

① 魏　底本作"觊"，据文意改。

一女子，年十八九，言："我是北海太守徐玄方女，不幸为鬼所杀，许我更生，应为君妻。"马子至其坟祭之，祭讫发棺开视，女尸完好如故，乃抱置帐中，以青羊乳汁沥其口，始开口咽粥；既一期，肌肤气力悉复常。遂聘为夫妇，生二男一女。①

谈生四十无妇，夜半读书，有女子年可十五六，来就生为夫妇，谓"我与人不同，勿以火照我，必三年方可"。生一儿，二岁。夜伺其寝，烛之，腰上生肉，腰下但有骨。妇觉，曰："君负我，大义永离！"以一珠袍与之，裂生衣裾，留之而别。后生持袍诣市，睢阳王家买之。王曰："是我女袍，此必发墓。"乃收拷之，生具以对。王视女冢，完好如故，发视之，得衣裾，呼其儿，类王女。乃召谈生以为婿，表其儿为侍中。②

又如《琵琶记》即以"蔡中郎"的故事为题材；《白兔记》源出于《五代史平话》；《东郭记》取《孟子·离娄下》"齐人有一妻一妾"章故事，而参以陈仲子、王驩、淳于髡的故事；《红拂记》

---

① 以上两段引自《法苑珠林》，文字多有节略，文意也颇有改动，然并不影响在此处用作论据，故差异处皆不备校。据《法苑珠林校注》(P.2217—2218)注。

② 此段引自《列异传》，文字多有节略，然不影响文意，故差异处皆不备校。据《古小说钩沉·列异传》(P.258—259)注。

本唐人小说《虬髯客传》;《狮吼记》本《宋人小说类编·调谑篇》中陈季常事……几无不有所本。至近世小说发达以后,亦有以历史故事写成小说的,除故事的因袭之外,作者尚有其他特殊的见解与用意,和以前的因袭便颇有不同了。

第四章

中国小说外形之嬗变

每一种文学形式,经过它底全盛时期以后,渐趋于衰老,而另一种新的形式,便继此而起来。在它全盛时期之前,必经过若干时期的酝酿,而不①是突然的产生。不过在滋长的时期,那种新的文学形式,往往只是流传于民间,不为一般士大夫阶级所注意。无论诗赋和词曲戏剧,它们从萌芽到衰老,都有这样的过程。民间流行的文学新形式,一为士大夫阶级所注意,便群起仿效,或者加以修改,于是便成为它的全盛的时期。文人雅士,往往单求其铸词之工,文笔之雅,于是一般读者,无法欣赏,便又慢慢地走上了衰老的途径。经此循环,文学上新的形式,遂有不断的产生。

中国小说形式上的嬗变,不外乎几种重要的现象:

---

① 不 底本脱,据文意补。

（1）由口语而为笔录

（2）由短制而成长篇

现在就依此原则，分别述说于后。

第一节　口语与笔录

古代的神话与传说，既发生于有文字记录之前，那么当时所流传的，均是口语。从口语到文字的记录，其中不知道散佚了多少。古代记录的文字，到现在尚能保存的，更是十分之一，如《山海经》《穆天子传》等书，已经过文士的润饰与修改，较之原来的口语的传说已有所增润。司马迁《史记》称《山海经》所载异物，"余不敢言"。古代史家，记录求真，那些传说与神话，或认为"荒诞不经"，往往被弃，故记录亦少。汉代仿拟神话小说如《十洲记》《神异经》之类，均题东方朔撰。此两书是否出于汉人手笔，尚属疑问，但借东方朔署名的理由，因为他尚有古代遗风，能将流传之神话与传说对民众儿童说述的缘故。《汉书·东方朔传赞》："朔之诙谐，逢占射覆，其事浮浅，行于众庶，童儿[①]牧竖，莫不眩耀，而后世[②]好事者因取奇言怪语附着之朔。"又有《汉武洞冥记》，自署其所以命名的理由："汉武帝，明俊特异

---

① 童儿　底本作"儿童"，据《汉书》（P.2874）改。
② 世　底本作"之"，据《汉书》（P.2874）改。

之主，东方朔因滑稽浮诞①，以匡谏洞心于道教，使冥迹之奥，昭然显著。今籍②旧史之所不载者，聊以闻见，撰《洞冥记》四卷，成一家之书。"亦以东方朔为故事的主体。其中所载虽不甚可据，但东方朔确为一以口语讲述传说之人，则由此可以得到证明。

汉代所以尚有这种遗风的原因：一为承受春秋战国游说之风的遗响，二为武帝时道家方士之说的盛行。游说之士，所举传说，并非有意存古，乃是借此作为理论中的证例。而古代神话传说，往往赖以保存。自方士道家之说盛行，当时文士常借此以为炫耀之资，东方朔即兼合两者而在当时负有盛名之人。

从汉代到唐代，文体日趋绮靡，这种风气，也影响于小说，唐代传奇之所以发生，即受此影响。但自韩柳古文复兴运动成功以后，传奇小说也因而衰落，宋代虽然也有仿作，但已变质。胡应麟《笔丛》二十九云："宋人所记，乃多有近实者，而文彩无足观。"而此时民间口语的新文学，已渐渐鼎盛，于是平话便应时起来，掠夺了传奇的地位。所谓平话，即是现代的说书。宋代说书之中，又有若干流别。孟元老《东京梦华录》"讲史""小说""说诨话""说三分""五代史"等目（"京瓦伎艺"条），耐得翁《都

---

① 浮诞　底本脱，据《汉魏六朝笔记小说大观·汉武帝别国洞冥记》（P.123）补。

② 籍　底本作"显"，据《汉魏六朝笔记小说大观·汉武帝别国洞冥记》（P.123）改。

城纪胜》记之更详：

> 说话有四家：一者小说，谓之"银字儿"，如烟粉、灵怪、传奇；说公案，皆是搏拳提刀①赶棒及发迹变泰之事；说铁骑儿，谓士马金鼓之事；说经，谓演说佛书；说参请，谓宾主参禅悟道等事；讲史书，谓说前代书史②文传、兴废争战③之事。

吴自牧《梦粱录》所记大致亦同：

> 说话者谓之"舌辩"，虽有四家数，各有门庭。且小说名"银字儿"，如烟粉、灵怪、传奇、公案朴刀杆棒发迹变泰④之事……谈论古今，如水之流。谈经者，谓演说佛书。说参请者，谓宾主参禅悟道等事……又有说诨经者……讲史书者，谓讲⑤说《通鉴》、汉唐历代书史文传、兴废争战⑥之事。

---

① 搏拳提刀 《都城纪胜》原作"搏刀"，据《东京梦华录（外四种）·都城纪胜》（P.98）注。
② 书史 底本作"史书"，据《东京梦华录（外四种）·都城纪胜》（P.98）改。
③ 争战 底本作"战争"，据《东京梦华录（外四种）·都城纪胜》（P.98）改。
④ 发迹变泰 《梦粱录》原作"发发踪参"，然难解，据《东京梦华录（外四种）·梦粱录》（P.312）注。
⑤ 讲 底本脱，据《东京梦华录（外四种）·梦粱录》（P.313）补。
⑥ 争战 底本作"战争"，据《东京梦华录（外四种）·梦粱录》（P.313）改。

第四章 中国小说外形之嬗变

《武林旧事》"诸色伎艺人"条下称演史，有乔万卷等二十三人；说经诨经，有长啸和尚等十七人；小说，有蔡和等五十二人；弹唱因缘，有童道等十一人；说诨话，有蛮张四郎一人。每类之中，亦有女子，而说经诨经的，多系僧尼。

所谓说话的四家，归纳上项诸说，约略有如下表：

（甲）小说（银字儿）——烟粉、灵怪、传奇。

（乙）讲史——《通鉴》《三国》以及历史故事。

（丙）说经诨经（说参请）——佛教的故事。

（丁）公案（说铁骑儿）——搏拳、提刀、赶棒、发迹、变泰以及士马金鼓之侠义故事。

《梦粱录》又云："昨汴京有孔三传编成传奇灵怪，入曲说唱。"足见当时所谓"小说"，除现成故事外，尚可由说话人编撰。又云："有王六大夫……于咸淳年间敷演①《复华篇》及《中兴名将传》，听者纷纷。"洪迈《夷坚志》："吕德卿偕其友出嘉会门外，茶肆中坐，见幅纸用绯条帖其尾，云：今晚讲说《汉书》。"则说话的场所，普通都在茶肆里。又《乐府杂录》云："长庆中，俗讲僧文叙善吟经，其声②宛畅，感动里人。"足见当时说话、讲唱并行。

---

① 演　底本作"衍"，据《东京梦华录（外四种）·梦粱录》(P.313) 改。
② 声　底本作"理"，据《乐府杂录》(P.38) 改。

又《太平广记》卷二百四引《卢氏杂说》云："文宗善吹小管，时法师文淑为入①内大德，一日得罪，流之。弟子入内收拾院中籍入家具辈②，犹作法师讲声。上采其声为曲子，号《文淑子》。"陆放翁《小舟游近村》诗："斜阳古柳赵家庄，负鼓盲翁正作场。身后是非谁管得，满村听唱蔡中郎。"又《尧山堂外纪》亦载："杭州瞽女，唱古今小说平话，谓之陶真。"③其乐器为琵琶。瞿存斋过汴诗："陌头盲女无愁恨，能拨琵琶说赵家。"陶真，大约系南宋时代流行的东西。进一步与乐器配合的平话，当初，只用最简单的乐器。如和尚说经，便只用响钹。《金瓶梅》第十五回记上元灯市，有"又有那站高坡打谈的词曲杨恭，倒看这扇响钹游脚僧演说三藏"。《水浒传》记雷横在听白秀英的说书，是"讲讲又唱，唱唱又讲"；《清平山堂话本》中有《刎颈鸳鸯会》一篇，中间的插词是：

未知此女几时得偶素愿，因成《商调醋④葫芦》小令⑤十篇系于事后，少述斯女始末之情。奉劳歌伴，先听格律，后

---

① 底本"入"下衍"大"，据《太平广记会校》（P.3079）删。
② 辈　底本作"籍"，据《太平广记会校》（P.3079）改。
③ 《尧山堂外纪》此句原作："杭州男女瞽者多学琵琶，唱古今小说、平话以觅衣食，谓之陶真，大抵说宋时事。"据《尧山堂外纪》（卷八十15叶A面）注。
④ 醋　底本作"借"，据《清平山堂话本校注》（P.249）改。
⑤ 小令　底本脱，据《清平山堂话本校注》（P.249）补。

第四章 中国小说外形之嬗变

听芜词。

则与赵德麟《商调蝶恋花》及《西厢挡弹词》相似。而《京本通俗小说》中，常夹入诗词，或在本文开端，大约作唱词之用的。《宣和遗事》亦复如此，全书的开场是：

> 暂时罢鼓膝间琴，闲把遗编阅古今。常叹贤①君务勤俭，深悲庸主事荒淫。致平端自亲贤哲，稔乱无非近佞臣②。说破兴亡多少事，高山流水有知音。

接着，是"且说唐尧虞舜，是劈初头第一个皇帝……"结尾也有诗句：

> 炎绍诸贤虑未精，今追遗恨尚③难平。区区王谢营南渡，草草江徐④议北征。往日中丞甘结好，暮年都督始知兵。可怜白发宗留守，力请銮舆幸旧京。

此种开端的诗句，当作说书时一个"引子"，或用诗句，或用

---

① 叹贤　底本作"欢圣"，据《宣和遗事等两种》(P.1) 改。
② 臣　底本作"人"，据《宣和遗事等两种》(P.1) 改。
③ 尚　底本作"当"，据《宣和遗事等两种》(P.114) 改。
④ 徐　底本作"淮"，据《宣和遗事等两种》(P.114) 改。

其他故事，当时，称为"得胜回头"。但《错斩崔宁》中的得胜回头，也有不用诗句的：

> 这回书单说一个官人，只因酒后一时戏笑之言，遂至杀身破家，陷了几条性命。且先引下一个故事来，权做个"得胜回头"①。

此种说话，完全是"听"的文学，故能深入民间，力量甚大。《东坡志林》记王彭论曹刘之别云："涂巷小儿薄劣，为家所厌苦，辄与数钱，令聚坐②听说古话。至说三国事，闻玄德败，则颦蹙有出③涕者；闻曹操败，则喜唱快。以是知君子小人之泽，百世不斩。"宋代说话之所以盛行，其主要的原因有二：

（一）由于在上者的提倡。宋代崇政殿设有说书之官，专司其事。袁枚《随园随笔》："今之说④演义小说者，称说书贱人所为，如左宁南门下柳敬亭是也。不知宋金元皆有崇政殿说书之官，其职有类经筵讲官，而秩稍卑。程伊川、杨龟山、游酢皆为此官。"宋仁宗政事之暇，喜读话本，郎瑛《七修类稿》中说："小说起于

---

① 《错斩崔宁》此句原作："权做个德胜头回。"据《宋元小说家话本集·错斩崔宁》（P.239）注。
② 坐 底本脱，据《东坡志林》（P.7）补。
③ 出 底本脱，据《东坡志林》（P.7）补。
④ 说 底本脱，据《随园随笔》（P.109）补。

第四章 中国小说外形之嬗变

宋仁宗，盖时①太平盛久，国家闲暇，日欲进一奇怪之事以娱之，故小说得胜回头之后，即云话说赵宋某年。"故平话之享盛名者，往往为帝王罗致供奉内廷。《武林旧事》卷六《诸色伎艺人》"小说"条，于人名下注"德寿宫""御前""铁衣亲兵"等字，是即供奉宫殿的职司之名。德寿宫系孝宗奉亲之所，与《今古奇观》序文中所说"宋孝皇以天下养太上，命侍从访民间奇事，日进一回，谓之说话人"的情形相合。于是说书之人，遂为一般文士所重。明李日华《紫桃轩又缀》云：

> 宋王防御，号委顺子。方万里挽之曰："温饱逍遥八十余，稗官原是汉虞初。世间怪事皆能说，天下鸿儒有不如。耸动九重三寸舌，贯穿千古五车书。《哀江南赋》笺成后②，从此韦编锁蠹鱼。"盖防御以说书供奉得官，既老，筑委顺堂以居，士大夫乐与之③往还。

说书的本身，既是口语，而所讲内容，又娓娓动人，故为一般大众所喜爱。加以帝皇的提倡，一般文人，就刻意制作，于是说书之风便盛行于民间，再将这种口语，用文学记录下来，便成

---

① 时　底本脱，据《七修类稿》(P.229)补。
② 后　底本作"传"，据《话本小说概论》(P.83)改。
③ 之　底本脱，据《话本小说概论》(P.83)补。

为中国小说史上的一种新的形式了。

（二）由于承受唐代口语文学的遗风。语体文的小说，并不始于宋代，说书之风，也不是在宋代才有的。唐代文字之中，每多用口语记录，所以如此，一半也因为作者注重描写，想保持文中人物的语气，一半也因为小说是无足轻的东西，不如古文一定每字源出经典。如唐郑还古《博异记》："西墙下有物应曰：'诺。'问曰：'甚没（什么）人？'曰：'不知。'"又如晋葛洪《神仙传》："奉（董奉）每来饮食，或如飞鸟，腾空来坐，食了飞去，人每不觉。"清光绪中敦煌千佛洞发现藏经中，亦有俗文体之故事，如《唐太宗入冥记》《孝子董永传》《秋胡小说》等。《唐太宗入冥记》原本现存伦敦博物馆，其文字亦质朴如言语：

> 判官懊恶，不敢道名字。帝曰："卿近前来。"轻道："姓崔名子[①]玉。""朕当识。"言讫，使人引皇帝至院门。使人奏曰："伏维陛下：且立在此，容臣入报判官速来。"言讫，使者到厅前拜了，"启判官：奉大王处分[②]，将太宗皇帝[③]生魂

---

① 子　底本作"字"，据《敦煌变文选注》（增订本）（P.1965）改。
② 分　底本脱，据《敦煌变文选注》（增订本）（P.1965）补。
③ 将太宗皇帝　底本作"太宗是"，据《敦煌变文选注》（增订本）（P.1966）改。

到，领判官推勘。见在门外，未敢引入①"。子玉②闻言，惊忙起立。

《秋胡戏妻》故事，文亦如此：

> 行至妻房中，愁眉不画③，顿改容仪，蓬鬓长垂④，眼中泣泪。秋胡谓娘子曰："夫妻至重，礼合乾坤；上接金兰，下同棺椁。二形合一，赤体相和；附骨埋牙，共娘子俱为灰土。今蒙娘教，听从游学⑤，未知娘子听许已不？"其妻听夫此语，心里凄怆，语里含悲。启言道："郎君，儿生非是家人，死非家鬼，虽门望之主，不是耶⑥娘检校之人。寄养十五年，终有离心之意。女生外向，千里随夫。今日属配郎君，好恶听从处分。郎君将身求学，此悭儿本情，学问得⑦达一朝，千万早须归舍！"

其中说经部分，日人冈崎文夫曾自法京抄来《目连缘起》《大目乾

---

① 入 底本脱，据《敦煌变文选注》（增订本）（P.1966）补。
② 子玉 底本作"判官"，据《敦煌变文选注》（增订本）（P.1966）改。
③ 画 底本作"尽"，据《敦煌变文选注》（增订本）（P.369）改。
④ 垂 底本作"云"，据《敦煌变文选注》（增订本）（P.369）改。
⑤ 学 底本脱，据《敦煌变文选注》（增订本）（P.369）补。
⑥ 耶 底本作"配"，据《敦煌变文选注》（增订本）（P.369）改。
⑦ 得 底本作"虽"，据《敦煌变文选注》（增订本）（P.369）改。

莲冥间救母变文》及《降魔变押座文》三卷，其中夹叙夹唱，已是平话的雏形。人物的对话，已省略"曰""道"等词，且其中韵文白话，相间排列：

> 目连慈母号青提，本是西方长者妻。在世悭贪多杀①害，命终之后堕②泥犁。身卧铁床无暂歇，有时驱逼上刀梯。碓③岛碪④磨身烂坏，遍身恰似淤青泥。
>
> 于是目连见于⑤慈母堕在地狱，遂白佛言："如来，请陈上事。慈母前生修善，将为死后生天。今且堕在阿鼻，此事有何所以？目连虽证罗汉，神通智慧未全。不了慈亲罪因，雨⑥泪向佛⑦启告。"
>
> 神通弟子目犍连，援⑧步登时白佛言，唯愿世尊慈悯我，得知慈母罪根源。母在世时修十善，将为死后得生天。自从一旦身亡后，何期慈母落黄泉？
>
> 于是世尊闻，唤目连近前。"汝今谛听吾言，不要聪聪啼

---

① 杀　底本作"煞"，据《敦煌变文校注》（P.1011）改。
② 堕　底本作"落"，据《敦煌变文校注》（P.1011）改。
③ 碓　底本作"推"，据《敦煌变文校注》（P.1012）改。
④ 碪　底本作"磴"，据《敦煌变文校注》（P.1012）改。
⑤ 于　底本脱，据《敦煌变文校注》（P.1012）补。
⑥ 雨　底本作"两"，据《敦煌变文校注》（P.1012）改。
⑦ 向佛　底本作"佛前"，据《敦煌变文校注》（P.1012）改。
⑧ 援　底本作"摄"，据《敦煌变文校注》（P.1012）改。

哭。汝母在生之日，都无一片善心。终朝杀①害生灵，每日欺凌三宝。自作自受，非天与人。今既堕在阿鼻受苦，何时得出！"

我佛慈悲告目连，不要忞忞且近前。汝母在生②多杀害，悭贪广造恶因缘。三涂受苦应难出，一堕其中万万年。自作之时还自受，有何道理得生天？

篇末的结尾，也有"今日为君宣此事，明朝早来听真经"，与"欲知后事如何，且听下回分解"相似。唐《李义山集》中有《骄儿诗》："或谑张飞胡，或笑邓艾吃。"段成式《酉阳杂俎续集·贬误》篇中也说："予太和末，因弟生日观杂戏，有市人小说，呼扁鹊作'褊鹊'，字上声。"足见唐代已有用口语讲叙故事称为"小说"者，也可以知道唐末的说书中，也已盛行"说三分"了。

有此两因，"说话"之盛于宋代，并非偶然，而后世章回小说之末流，往往多将故事发生的时代，托之于宋代，也是受了这影响。不过，唐代的"说话"，还是胚胎时期，流行民间，而为文人所不齿。到了宋代，由于君主的提倡和爱好，文人学士便开始注意，而促使它全盛。口语小说形态之完成，在小说上开辟了一个新的领域，倡后世章回语体小说之源。在戏剧上，与宋代大曲合

---

① 杀　底本脱，据《敦煌变文校注》（P.1012）补。
② 生　底本作"世"，据《敦煌变文校注》（P.1012）改。

流，而成元代的北曲、明代的传奇、现代的皮簧。在俗曲上，盛行于北方的，流为大鼓；盛行于南方的，流为弹词；而说书之风，至今犹盛。

口语与笔录，交替着占有中国的文学史，先有口语，进至笔录，而笔录的极流，总是文饰词藻，于是便有一个强烈的反动，产生一种接近于语言的文学。近代文艺的运动，已为我们所公认为一个划时期的文艺运动，那么宋代口语小说的运动，我们也该承认它是我国小说史上的一个划时期的运动了。鲁迅云："南宋亡，杂剧消歇，说话遂不复行，然话本盖颇有存者，后人目[①]染，仿以为书，虽已[②]非口谈，而犹存曩[③]体。"涓涓细流，蔚为大国，亦是中国小说进步的一种现象。

第二节　短制与长篇

我国小说的形式上第二个进步的现象是从短制进而为长篇。所谓"短制""长篇"的标准，并不是全在篇幅的多少，同样记述一个故事，最初的写述，只是很简单的记载，后来这故事中的每一小节，有了较详细的描写，这便是进化的现象。例如唐代元稹

---

① 目　底本作"点"，据《中国小说史略》（P.122）改。
② 已　底本脱，据《中国小说史略》（P.122）补。
③ 曩　底本作"衰"，据《中国小说史略》（P.122）改。

的《会真记》，衍化为董解元《弦索西厢》，再进一步为现本《西厢记》，同一故事，而篇幅增加了十多倍；宋人的《宣和遗事》衍化为现在流行的《水浒传》，《大①唐三藏取经诗话》演变成《西游记》，其篇幅也增多了十倍以上。现今民间流传的梁山伯和祝英台的故事，最②早的来源出于汉代乐府中的一首短歌《华山畿》。《乐府诗集》引《古今乐录》云：

> 《华山畿》者，宋少帝时懊恼一曲，亦变曲也。少帝时，南徐一士子从华山畿往云阳。见客舍有女子，年十八九，悦之无因，遂感心疾。母问其故，具以启母。母为至华山寻访，见女具说③闻感之因。脱蔽膝，令母密置其席下，卧之当已。少日，果差。忽举席见蔽膝而抱持，遂吞食而死。气欲绝，谓母曰："葬时，车载从华山度。"母从其意。比至女门，牛不肯前，打④拍不动。女曰："且待须臾！"妆点沐浴，既而出，歌曰："华山畿，君既为侬死，独活为谁施！欢若见怜时，棺木为侬开。"棺应声开，女遂入棺；家人叩打，无如之何，乃合葬，呼曰"神女冢"。

---

① 大 底本脱，据史实补。下文径改。
② 底本"最"上衍"与"，据文意删。
③ 说 底本作"以"，据《乐府诗集》（P.669）改。
④ 打 底本作"不"，据《乐府诗集》（P.669）改。

但是现今流行的梁山伯故事中,又增加了多少细腻的情节。这是单指同一题材而逐渐衍进的例子。按之事实,自传说到晋代神怪故事,写述方式已有一番进步,晋代的志神异的小说到唐代的传奇,结构更形复杂,描写更见细腻,自宋代话本,以至《今古奇观》,自宋代讲史以至后代章回小说,其发展的方向,在形式上都是由短制而为长篇的。如《太平御览》三百七十所引:

> 神仙麻姑降东阳蔡经家,手爪长四寸。经意曰:"此女子实好佳手,愿得以搔背。"麻姑大怒,忽见经顿地,两目流血。

又八百八十八引[①]:

> 武[②]昌新县北山[③]上有望夫石,状若人立者。传[④]云:昔有贞妇,其夫从役,远赴国难,妇携弱[⑤]子,饯送此山,立望而形化为石。

又《搜神后记》卷四:

---

① 引 底本作"行",据文意改。
② 武 底本作"新",据《太平御览》(P.3945)改。
③ 山 底本脱,据《太平御览》(P.3945)补。
④ 底本"传"上衍"相",据《太平御览》(P.3945)删。
⑤ 弱 底本作"幼",据《太平御览》(P.3945)改。

第四章 中国小说外形之嬗变

干宝字令升,其先新蔡人。父莹,有嬖妾,母至妒,宝父葬时,因生推婢著藏中。宝兄弟年小,不之审也。经十年而母丧,开墓,见其妾伏棺上,衣服如生,就视犹暖,渐渐有气息①。舆还家,终日而苏。云宝父常②致饮食,与之寝接,恩情如生。家中吉凶辄语之,校之悉验。平复数年后方卒。宝兄常病,气绝,积日不冷,后遂寤,云见天地间鬼神事,如梦觉,不自知死。

所记都很简略,作者目的在求真实,所以记载人名地方特详,而一切对话动作,均略而不写。在唐代传奇文中,则颇事铺叙。如《游仙窟》中写升堂燕饮的情形,不厌求详:

十娘唤③香儿为少府设乐,金石并奏,箫管间响。苏合弹琵琶,绿竹吹筚篥,仙人鼓瑟,玉女吹笙。玄鹤俯而听琴,白鱼跃④而应节。清音叫咷⑤,片时则梁上尘飞;雅韵铿锵,辛尔则天边雪落。一时忘味⑥……

---

① 渐渐有气息 底本脱,据《搜神后记》(P.25)补。
② 常 底本作"当",据《搜神后记》(P.25)改。
③ 唤 底本作"娶",据《游仙窟校注》(P.21)改。
④ 跃 底本作"濯",据《游仙窟校注》(P.21)改。
⑤ 叫咷 底本作"咷叨",据《游仙窟校注》(P.21)改。
⑥ 《游仙窟》此句原作:"一时忘味,孔丘留滞不虚;三日绕梁,韩娥余音是实。"据《游仙窟校注》(P.21)注。

小说 概要

又如《柳毅传》中写钱塘君的出场与龙女的出场,是一段极好的描写:

> 语未毕而大声忽发,天拆地裂,宫殿摆簸,云烟沸涌。俄有赤龙长千余尺,电目血舌,朱鳞火鬣,项掣金锁,锁牵玉柱,千雷万霆,激绕其身,霰雪雨雹,一时皆下,乃擘青天而飞去……
>
> 俄而祥风庆云,融融怡怡,幢节玲珑,箫韶以随。红妆千万,笑语熙熙,中有一人,自然蛾眉,明珰满身,绡縠参差。迫而视之,乃前寄词者,然而若喜若悲,零泪如丝①。须臾,红烟蔽其左,紫气舒其右,香气环旋,入于宫中……

又如《李娃传》之写歌声的奇妙:

> 自旦阅之,及亭午,历举辇舆威仪之具,西肆皆不胜,师有惭色。乃置层榻于南隅,有长髯者拥铎而进,翊卫数人,于是奋髯扬眉,扼腕顿颡而登,乃歌《白马》之词。恃其夙胜,顾眄左右,旁若无人。齐声赞扬之,自以为独步一时,不可得而屈也。有顷,东肆长于北隅上设连榻,有乌巾少年,左右五六人,秉翣而至,即生也。整衣服,俯仰甚徐,申喉

---

① 丝 底本作"照",据《异闻集校证》(P.88)改。

第四章 中国小说外形之嬗变

发调，容若不胜，乃歌《薤露》之章，举声清越，响振林木，曲度未终，闻者歔欷掩泣。西肆长为众所诮，益惭耻，密置所输之直于前，乃潜遁焉。四座愕眙，莫之测也。

又如《莺莺传》之写情：

是夕，旬有八日也，斜月晶莹，幽辉①半床。张生飘飘然，且疑神仙之徒，不谓从人间至矣。有顷，寺钟鸣，天将晓，红娘促去。崔氏娇啼宛转，红娘又捧之而去，终夕无一言。张生辨色而兴，自疑曰："岂其梦耶？"及明，睹妆在臂，余香在衣，泪光荧荧然，犹莹于茵席而已。

正因为故事的内容渐渐复杂，故事中的小节，又加以细腻的描写，于是篇幅也渐渐增加，由短制进而为长篇。宋洪迈《容斋随笔》中曾说："唐人小说，不可不熟，小小情事，凄婉欲绝，洵有神遇而不自知。"② 鲁迅《中国小说史略》亦称："小说亦如诗，至唐代而一变，虽尚不离于搜奇记逸③，然叙述宛转，文辞华艳，与六朝之粗陈梗概

---

① 辉　底本作"耀"，据《异闻集校证》(P.154) 改。
② 此句未见洪迈《容斋随笔》，陈世熙《唐人说荟·例言》引此句称"洪容斋谓"。
③ 逸　底本作"遗"，据《中国小说史略》(P.73) 改。

者较，演进之迹甚明。"自晋迄唐，中国小说的进步，是不可讳言的事实，而在形式上便是由叙述的短篇进而为描写的长篇。

宋代话本，为后世章回小说的渊源。以宋代话本与后代章回小说来作一比较，在形式上的进步，也是由短制进而为长篇。如《宣和遗事》前集先论历代帝王荒淫之失，盖系宋人讲史之"开端"，即平话小说之"得胜回头"，次述王安石变法之祸，再述王安石引蔡京入朝至童贯蔡修巡边，四为梁山泺聚义事，五为徽宗幸李师师，六为林灵素之近用，七为元宵看灯之戏；后集以京城失陷为第八，以帝后北行受辱至高宗定都临安为九、十。先后文体参差，似系撮抄旧籍或将若干短制胡乱编辑成书。但是梁山泊聚义故事，演化为《水浒传》，由三十六人，增加为一百〇八人，篇幅亦增十倍以上。《宣和遗事》载：

> 宋江统率三十六将往朝①东岳，赛取金炉心愿。朝②廷不奈何，只得出③榜招谕宋江等。有那元帅姓张名叔夜的，是世代将门之子，前来招诱；宋江和那三十六人归顺宋朝，各受武功④大夫诰敕，分注诸路巡检使去也。因此三路之寇悉

---

① 底本"朝"下衍"廷"，据《宣和遗事等两种》（P.36）删。
② 朝　底本作"三"，据《宣和遗事等两种》（P.36）改。
③ 出　底本作"略"，据《宣和遗事等两种》（P.36）改。
④ 武功　底本脱，据《宣和遗事等两种》（P.36）补。

得平定，后遣宋江①收方腊有功，封节度使。

《水浒传》中，记载赛取金炉香愿及张叔夜招降事，有三四个回目。而平四寇事，几占百十五②回本《水浒传》的篇幅之二分一。又如为现行《西游记》的前身之《大唐三藏取经诗话》共三卷十七章，而《西游记》则衍为八十一回。今举诗话中的一段以资比较：

> 僧行六人，当日起行……偶于一日午时，见一白衣秀才，从正东而来，便揖③和尚："万福万福！和尚今往何处，莫不是再往西天取经否？"法师合掌曰："贫道奉敕，为东土众生未有佛教，是取经也。"秀才曰："和尚生前两回去取经，中路遭难，此回若去，千死万死！"法师云："你如何得知？"秀才曰："我不是别人，我是花果山紫云洞八万四千铜头铁额猕猴王。我今来助和尚取经。此去百万程途，经过三十六国，多有祸难之处。"法师应曰："果得如此，三世有缘，东土众生，获大利益。"当便改呼为猴行者。僧行七人，次日同行，左右伏事。猴行者因留诗曰："百万程途向那边，今来佐助大

---

① 江 底本作"王"，据《宣和遗事等两种》（P.36）改。
② 十五 底本作"五十"，《水浒传》无一百五十回本，当指一百一十五回本，据改。
③ 揖 底本作"拜"，据《大唐三藏取经诗话校注》（P.3）改。

师前。一心祝愿逢真教，同往西天鸡足山①。"三藏法师答诗曰："此日前生有宿缘，今朝果遇大明贤②。前途若到妖魔处，望显神通镇佛前。"

第三节　文体与结构

中国小说形态完成的时期既在唐代，则论小说的文体与结构，也当从唐代说起。唐代文章，盛行于士大夫阶级的，全是文言，而民间俗文学已有用白话的文章。文言之中，初承六朝遗风，仍事绮丽的风尚；其后有韩柳的复古运动，而小说作者，尚仍借小说以逞其才华。唐人传奇，虽用散体，但亦涉杂以骈俪，加以诗什，例如《莺莺传》中的诗和书札、《游仙窟》中的赋诗都是。民间所传，系录当时口语，但亦编成诗句，以便流传。所以唐代以后，小说文体的变化，便以文言、语体为两大主流。唐代，可以说是文言小说承袭六朝而发展的时代，也可以说是语体小说萌芽的时代。唐代文言小说，即是传奇，前已论及，兹不复赘。至于语体小说，则由匈牙利人史坦因、法人伯希和从敦煌千佛洞中所发现的"俚曲"以及《太子赞》、《董永行孝》、《大汉③三年季布骂

---

① 鸡足山　底本作"难足仙"，据《大唐三藏取经诗话校注》（P.3）改。
② 贤　底本作"仙"，据《大唐三藏取经诗话校注》（P.3）改。
③ 汉　底本作"文"，据史实改。

陈词文》、《觑蚓新妇文》(此为《清山堂话本》中的《快嘴李翠莲记》一篇所本)等影响所致,而影响最大者当为"变文",它和宋人的"说话"很有关系。但此种小说,在当时,只用近于俚语的文言或唱词。

至于宋代,乃有以语体写述的小说出现,仍袭唐人传奇之风,开篇时往往杂以诗句。文中的结尾,亦或以诗句作点缀。因为这时候语体小说,已开始为士大夫阶级所注意,故所引的诗句,多择典雅的作品。如《新编五代史平话》开端有诗云:

> 龙争虎战几春秋,五代梁唐晋汉周。兴废风灯明灭里,易君变国若传邮。

其中说到汉高祖,又云:真个是

> 手拿三尺龙泉剑,夺却中原四百州。

而《京本通俗小说·碾玉观音》开端引《鹧鸪天》一首,以及王安石春归诗,苏轼、秦少游、王岩叟的暮春诗各一首,先后计十余首,方云:

> 说话的因甚说这春归词?绍兴年间,行在有个关西延州

> 延安府人，本身是三镇节度使咸安郡王，当时怕春归去，将带着许多钧眷游春……

这种体式，既承袭唐人传奇之遗，亦因说话人开端时必须用一引端的绪说之故。说话人初入场，听者尚未拥挤，故不得不先以他语作点缀，然后再入正文。犹现代卖药卖艺者的先以变小戏法或打诨开场。宋代说话的盛行，已见于前述各章中，而文言小说——宋人传奇，论者皆谓不及唐人，诚如鲁迅所称："宋一代文人之为志怪，既平实而乏文彩，其传奇，又多托往事而避近闻，拟古且远不逮，更无独创之可言矣。然在市井间[①]，则别有艺文兴起，即以俚语著书，叙述故事，谓之'平话'，即今所谓'白话小说'者是也。"可见在宋代，文言小说已渐趋没落而由语体小说起而代之。虽亦以诗词逞其才，但叙述已用另一文体了。

宋代以后，语体小说之领域渐广，而文言小说，仅有笔记之书，其他虽亦有以才笔自见之文言小说，但已不为一般人士所欢迎。因元代文人，留心于北曲，明代则传奇，清代则古文诗词经学，"小家珍说"本不为士夫所重，于是文言小说，遂少有人尝试了。

清代文言小说之著名的作品，有屠绅的《蟫史》二十卷，洪

[①] 间　底本脱，据《中国小说史略》（P.115）补。

第四章 中国小说外形之嬗变

亮吉《北江诗话》评为"如栽盆红药,蓄沼①文鱼"。亦有以排偶作小说的,有陈球之《燕山外史》八卷,自称:"史体从无以四六为文,自我作古,极知僭妄……第行于稗乘,当希末减。"志怪之书,类皆文言,著者如蒲松龄之《聊斋志异》、纪昀之《阅微草堂笔记·滦阳消夏录》等书。

至于中国小说的结构,亦不外两种形式,一为长篇,一系短制。又有形似长篇而实为若干短篇之连续者,如《儒林外史》与《官场现形记》。胡适《论短篇小说》一文中称中国短篇小说,始于《列子·汤问》的"愚公移山"及《庄子·徐②无鬼》篇的"郢人斫鼻"。又说:

> 明清两朝的"短篇小说",可分白话与文言两种。白话的"短篇小说"可用《今古奇观》作代表……书中共有四十篇小说,大要可分两派:一是演述旧作的,一是自己创作的。如《吴保安弃家赎友》一篇,全是演唐人的《吴保安传》,不过添了一些琐屑节目罢了。但是这些加添的琐屑节目,便是文学的进步……比较看③来,还该把《聊斋志异》来代表这两

---

① 沼 底本作"治",据《中国小说史略》(P.255)转引改。
② 徐 底本脱,"郢人斫鼻"典故出自《庄子·徐无鬼》,据《庄子集解》(P.215)补。
③ 看 底本作"起",据《胡适古典文学研究论集》(P.688)改。

朝的文言小说……蒲松龄虽喜说鬼狐,但他写鬼狐却都是人情世故,于理想主义[①]之中,却带几分写实的性质,这实在是他的长处。

中国旧小说之体例,有一共同的地方,即是承袭唐宋之间口语的习惯,即是在笔录的时候,也保存着说话者的口气。章回小说中亦有"且说""话说""按下不表""且住""看官""再说""闲言休提,言归正传""欲知后事如何,且听下回分解"等口头语。每回之末,亦缀以诗句。如《红楼梦》全书结尾云:

说到辛酸事,荒唐愈可悲。由来同一梦,休笑世人痴。

章回小说之开篇,常有"楔子"以总述故事之来源,一如话本之以诗文或他语引入正文。《红楼梦》全书故事,托之于空空道人与石头的事情;《水浒传》的故事,托之于洪太尉的放走妖魔,即是其例。至如其中人物个性的描写、人物的出场、环境与背景的妥排,则各有其特色(详见第一章)。至于整篇结构的变化,除短篇小说外,章回小说的结构方式,不外乎下列几种:

(A)小说中的人物,比较众多,起初是个别描写,发生个别

---

① 主义 底本脱,据《胡适古典文学研究论集》(P.689)补。

的关系,最后终结于许多人物的总会聚。如《水浒传》,初写史进,再写王进,再及林冲与鲁达,至最后才使各个人物会聚,而在个别描写之中,以林冲、鲁达、武松、宋江为最详,此数人虽然是人物中的主要人物,但不以他们为整个故事的主要线索。

(B) 小说中的人物,亦较众多,但以一二人为全个故事的线索,差不多每一事件的发生,与主角直接间接发生关系,其他各人物,虽各有其典型,但在整个故事系统之中,只用以阐明那主角们的性格。例如《红楼梦》故事,差不多以宝玉为中心,到宝玉出家,故事也跟着结束。又如《镜花缘》前半以林之洋、唐敖、多九公为主角,后半以唐闺臣为主角。其他如《西游记》《七侠五义》《金瓶梅》《老残游记》等等均属此类。

(C) 故事中各个人物的关系,只是作写述时联系上的方便,此种关系并不足以帮助故事的发展,分解开来,只是许多短篇,不过用那关系作为联系而已。如《儒林外史》,先写王冕,作为楔子,其后先写周进,次及范进;引到范进的故事以后,周进的事情便从此不叙。犹如戏剧中甲甫下场,乙即上场,台中人虽不空,但无关系。而在叙述每一人的个性时,另有其陪衬的人物,主角事情述完以后,那些配角亦跟着下场。《官场现形记》结构亦同。

小说纂要

俞平伯的《小说谈》①中论中国小说结构上的缺点,约为六项,录之以备参考:

(一)任意起讫——这是笔记小说之通病,可以说是没有结构。随便写去,写到那里是那里,不高兴写就不写了。所谓"随笔""漫谈"也者②,正明示了这个态度。

(二)直记事实——这是客观的态度,与③主观的任意正相反,但无结构可言正同……这也是笔记小说的通病,如"纪实""纪事"等名,也表示这种态度。

(三)抄袭窠臼——这是文言、白话两种小说通有之病,其窠臼之面目未必尽同,而遵依窠臼之态度无异:如"某生遇仙或狐鬼,后缘尽分散,某生遂入山,不知所终",此一窠臼也;"小姐花园订终身,公子落难中状元",此又一窠臼也。陈陈相因,虽非文句之抄袭,乃格局之抄袭也……

(四)无意味的延长——以下三项均是篇幅较长的小说之病。所谓延长,即是明明数言可毕者辄支蔓为数十言,一回可尽者辄敷衍为两三回,烦琐拖沓而已④……

---

① 《小说谈》 即《谈中国小说》,据《俞平伯全集》第三卷(P.443)注。
② 也者 底本作"等等",据《俞平伯全集》第三卷(P.448)改。
③ 底本"与"上衍"似",据《俞平伯全集》第三卷(P.448)删。
④ 底本"而已"下衍"并无复合之描写",据《俞平伯全集》第三卷(P.449)删。

第四章 中国小说外形之嬗变

（五）无限止之连缀——有许多篇幅长的作品，表面看去，非不庞然大也，仔细一看，好的是件百结①的天衣，坏的是件百结的鹑衣……名为一书，其实是许多短故事连络②成的……好像八股文之截搭③题一般，绝无必然④复合之系属。

（六）不调和的混合——……大凡每一小说即是一完整，似一有机体然，长篇不能分解⑤为数短篇，或缩为一短篇；数短篇亦不能集合为一长篇，一短篇亦不能引伸为一长篇……例如《水浒传》的本事是⑥北宋之大盗，但在南宋⑦则因中原沦落，想望草泽英雄，遂变盗贼为忠义，而有招安平寇之说；明初因杀戮功臣，于是写⑧宋江等功成被害⑨；清初又苦流寇久，重新又把张叔夜请来杀强盗，而天下太平。《水浒》既有那么长远的历史，而各种版本又多错杂⑩，于是这书便成为一种杂拌，文格文情，自相龃龉……

---

① 结　底本作"衲"，据《俞平伯全集》第三卷（P.449）改。
② 络　底本作"结"，据《俞平伯全集》第三卷（P.449）改。
③ 搭　底本作"答"，据《俞平伯全集》第三卷（P.449）改。
④ 必然　底本作"因果"，据《俞平伯全集》第三卷（P.449）改。
⑤ 解　底本作"段"，据《俞平伯全集》第三卷（P.449）改。
⑥ 底本"是"上衍"本"，据《俞平伯全集》第三卷（P.449）删。
⑦ 宋　底本作"京"，据《俞平伯全集》第三卷（P.449）改。
⑧ 写　底本脱，据《俞平伯全集》第三卷（P.450）补。
⑨ 底本"被害"下衍"大发牢骚"，据《俞平伯全集》第三卷（P.450）删。
⑩ 多错杂　底本作"每混而又析"，据《俞平伯全集》第三卷（P.450）改。

第四节　翻译与创作

民国初年，桐城文派古文家因受西洋文学的影响，开始正视于一向认为蛮夷的外国文化。严复和林纾便从事于译述的工作。严复所译，多偏于科学和哲学；林纾则全为文学。严复在他《天演论》例言中，曾提及他译述的态度说：

> 译事三难：信、达、雅。求其①信已大难矣，顾信矣②不达，虽译犹不译也，则达尚焉……信、达而外，求其尔雅，此不仅期以③行远已耳，实则精理微言，用汉以前字法④句法，则为达易；用近世利俗文字，则求达难。往往抑义就词，毫厘千里，审择于斯二者之间，夫固有所不得已也。

又说：

> 译文取明深义，故词句之间，时有所颠倒附益，不斤斤

---

① 其　底本作"有"，据《天演论》（P.28）改。
② 顾信矣　底本脱，据《天演论》（P.28）补。
③ 期以　底本脱，据《天演论》（P.28）补。
④ 字法　底本脱，据《天演论》（P.28）补。

于字比句次，而意义则不倍①本文。题曰达旨②，不云笔译，取便发挥，实非正法。

林纾，字琴南，福建人，他本人不懂外国语，翻译时必须有一位口述的人。严复的翻译，所谓"一名之立，旬月踟蹰"，而他只是"耳受手追，声已笔止"。他在《西利亚郡主别传》的自序中道：

……急就之章，难保不无舛谬。近有海内知交，投书举鄙人谬误之处，见箴心甚感之。惟鄙人不审西文，但能笔述，即有讹错，均出不知。

又在他《孝女耐儿传》的自序中，以迭更司（Dickens，1812—1870）的笔法，拟之于史公：

……却而司·迭更司者，盖以至清之灵府，叙至浊之社会，令我增无数阅历，生无穷感喟……余尝谓古文中序事，惟序家常平淡之事为最难着笔……究竟史公于此等笔墨亦不

---

① 倍　底本作"背"，据《天演论》（P.28）改。
② 旨　底本作"指"，据《天演论》（P.28）改。

多见，以史公之书，亦不专为家常之事发也。今迭更司则专①意为家常之言，而又专写下等社会家常②之事，用意、着笔为尤难。

林纾译作的数量，真可惊人，计已成书者共有一百六十多种，而大抵为世界名著，如迭更斯的 *David Copperfield*，Scott 的 *Ivanhoe*，Defoe 的 *Robinson Crusoe* 和 *Robinson Crusoe Continued*，Stevenson 的 *The New Arabian nights*，Shakespeare 的 *Julius Caesar*，Alexandre Dumas Pere 的 *La Comtesse de Charny*，Alexandre Dumas Fils 的 *La Dame aux Camelias*，Tolstoy 的 *Childhood, Boyhood and Youth*，Ibsen 的 *Ghosts*③ 等等。迻译范围遍及英、法、美、俄、比利时、挪威、希腊、瑞士、西班牙、日本诸国。

他以古文笔法译述外国文学名著，虽则为人所批评，但是在那时大量介绍外国文学，其影响于中国新文化的勃兴，功绩很大。周作人《自己的园地》中说："林氏古文颇有能传达滑稽的力

---

① 专　底本作"未"，据《翻译论集》（修订本）（P.241）改。
② 家常　底本脱，据《翻译论集》（修订本）（P.241）补。
③ 以上所举，为狄更斯《大卫·科波菲尔》、司各特《艾凡赫》、笛福《鲁滨孙漂流记》及《后记》、史蒂文森《新天方夜谭》、莎士比亚《裘力斯·恺撒》、大仲马《夏尔尼伯爵夫人》、小仲马《茶花女》、托尔斯泰《童年·少年·青年》、易卜生《群鬼》。

第四章 中国小说外形之嬗变

量,这是不易得的。"郭沫若在批评《迦茵小传》中也称:"这在世界的文学史上并没有什么文学的地位,但经林琴南的那种简洁的古文译出来,真是增了不少的光彩。"胡适在《五十年来中国之文学》中说:"平心而论,林纾用古文做翻译小说的实验[①],总算是很[②]有成绩的了。古文不曾做过长篇的小说,林纾居然用古文译了一百多种长篇小说,还使许多学他的人也用古文译了许多长篇小说。古文里很少滑稽的风味,林纾居然用古文译了欧文与迭更司的作品。古文不长于写情,林纾居然用古文译了《茶花女》与《迦茵小传》等书。古文的应用,自司马迁以来,从没有这种大的[③]成绩。"这些评论是很公正的。林纾以后,学他的样子用文言译小说的人很多。最著名的便是鲁迅兄弟所译的《域外小说集》。但是并不以古文自高,而且懂得原文,自比林纾的译作进步得多了。林氏的作品试举欧文(Washington Irving,1783—1859)的《记惠斯敏司德大寺》(*Westminster Abbey*)中一节作例,原文占七页许,而林氏译文仅二页:

一日为萧晨,百卉俱靡,秋人寡欢之时,余在惠斯敏

[①] 做翻译小说的实验　底本作"翻译西洋小说",据《胡适古典文学研究论集》(P.107)改。
[②] 是很　底本脱,据《胡适古典文学研究论集》(P.107)补。
[③] 的　底本脱,据《胡适古典文学研究论集》(P.107)补。

司德寺游憩可数句钟。当此荒寒寥瑟之境，益以沉阴欲雨之秋①天，可云两美合矣……已而徐步入广殿中，既入，而壮丽之奇构，令人震越失次；盘花大柱，林林可数百株；藻井直上，高厉不见其极。余自视若在②殿础之下，蠕蠕直如虫豸。以此殿之高且广，寂寥无人，履之心悸，足不敢前。每一窥足，而回音辄发于壁间，觉一举一动，皆生奇响。余肃然，知处吾旁者，均先代贤哲英雄之骨，不能不加敬恭。然不禁一笑者，笑彼功盖宇宙，言成经典之人，至于今日，则残骨数星，与沙土交杂，聚此漠然无人之区，外此其又何恋耶！生前举手可以奄有江山，至于钟漏歇时，欲与前勋争此土壤，尚有吝惜不复相让者，则又可悯矣。夫万年之名，人人所歆，而铭诔陈陈，观者又复几人？刿此石苦涊，复不足恃者邪……

林氏所译小说，其中有一小部分原是剧本，如莎士比亚的《亨利第四》《雷差得纪》《亨利第六》《凯撒遗事》和易卜生的《群鬼》，而林氏均以小说的形式来译述，原来作者的风俗，便已不能保存了。

林氏以后，正值中国新文艺运动成功的时候，于是不但用语体来创作，并用语体来译述。根据一九三五年"良友文库"《史

---

① 秋　底本脱，据《拊掌录》（P.55）补。
② 在　底本作"其"，据《拊掌录》（P.55）改。

料·索引》①中翻译总目,这时候,翻译小说的重要作品计有下列的成绩:

(一)总集:

《域外小说集》	周作人
《现代小说译丛》	周作人
《点滴》	周作人
《空大鼓》	周作人
《冥土旅行》	周作人
《短篇小说》	胡适
《欧洲大陆小说集》	周作人等
《近代英美小说集》	胡愈之等

(二)日本

《现代日本小说集》	周作人
《两条血痕》	周作人
《狂言十番》	周作人
《近代日本小说集》	夏丏尊
《别宴》	张资平
《绵被》	田山花袋
《新生》	岛崎藤村

---

① 此处所指为1935—1936年间,由赵家璧主编、上海良友图书印刷公司出版的《中国新文学大系》第十卷《史料·索引》(阿英编选)。

《一个青年的梦》	武者小路实笃
《我们的一团与他》	石川啄木

（三）波斯

《鲁拜集》	莪默[①]伽亚谟

（四）印度

《印度寓言》	郑振铎
《太戈儿短篇小说集》	太戈尔
《太戈儿小说集》	太戈尔

（五）犹太

《犹太小说集》	鲁彦

（六）俄国

《近代俄国小说集》	仲持等
《俄罗斯名著》	李秉之
《争自由的波浪》	董秋芳
《高尔基小说集》	高尔基
《普希金小说集》	普希金
《柴霍甫短篇小说集》	柴霍甫
《托尔斯泰小说集》	托尔斯泰
《托尔斯泰短篇小说集》	托尔斯泰

---

① 默　底本作"然"，据史实改。

第四章 中国小说外形之嬗变

《前夜》	屠格涅夫
《父与子》	屠格涅夫
《春潮》	屠格涅夫
《初恋》	屠格涅夫

（七）波兰

《你往何处去》	显克微支
《炭画》	显克微支
《显克微支小说集》	显克微支

（八）丹麦

《安徒生童话集》	安徒生

（九）德国

《少年维特之烦恼》	歌德
《费德利克①小姐》	谠恩
《格列姆童话集》	格列姆
《织工》	霍甫德曼
《莱森寓言》	莱森
《查拉图司屈拉抄》	尼采
《强盗》	席勒
《茵梦湖》	史托姆

---

① 克 底本脱，据史实补。

（十）意大利

《爱的教育》　　　　　　爱米西斯

（十一）法国

《近代法国短篇小说集》　　谢冠生等

《法国名家小说集》　　　　徐蔚南

《法国名家小说杰作集》　　鲍文蔚

《法国短篇小说集》　　　　刘半农

《小物件》　　　　　　　　都德

《磨坊文札》　　　　　　　都德

《茶花女》　　　　　　　　小仲马

《马丹波娃利》　　　　　　弗罗贝尔

《蜜蜂》　　　　　　　　　法郎士

《莫泊桑小说集》　　　　　莫泊桑

《莫泊桑短篇小说集》　　　莫泊桑

《左拉小说集》　　　　　　左拉

（十二）荷兰

《小约翰》　　　　　　　　望·蔼覃

（十三）比利时

《青鸟》　　　　　　　　　梅脱灵

（十四）英国

《阿丽斯漫游奇境记》　　　加乐里

《银匣》	高斯华绥
《争斗》	高斯华绥
《法网》	高斯华绥
《长子》	高斯华绥
《曼殊斐儿小说集》	曼殊斐儿
《王尔德童话》	王尔德

战前努力于译述工作最有成绩的是译文社的《译文》，文化生活出版社近亦致力于此种工作，有译文丛书出版。译作的选择和译述的作风，亦已有很显著的进步。

用语体写小说，始于宋代。后来的章回小说，多用语体来写作，但在小说的结构和意识方面，还仍旧沿着旧风尚。开始和西洋文学第一个发生接触的，最早的当推林纾了。但林氏在内容上虽则采用外国的小说故事，但文字仍用古文。其后梁启超主编《新民丛报》《新小说》等杂志，他底目的，乃是借文学以改革国内政治和社会。民国四年间陈独秀主编《青年杂志》(后来改名《新青年》)，胡适那时当在美国，寄来一篇《文学改良刍议》，在这杂志上发表，他底文章还是用文言写的，态度也颇温和。陈独秀接着也发表了一篇《文学革命论》，其答胡适书云："改良中国文学，当以白话文为文学正宗之说，其是非甚明，必不容反对者有讨论之余地。"于是，《新青年》自四期五卷起，完全用白话做文章，遂引起严复、林纾的竭力反对，而胡适、钱玄同、沈尹默①、李大钊、刘复也加入杂志编辑。自五四运动以后，各地学生团体中有了很多的白话小型报纸，民国九年以后，如《东方杂志》《小说月报》也都用语体写作。不但形式上有了改变，而内容有了"思想革新"的提倡，对②于外国文化，也不像传统样地采取仇视的态度，而开始加以研究。新小说的创作，在《小说月报》上渐渐增加，而那时候最成熟的作品，就是鲁迅先生的创作。

一九二三年以前的五六年间，新文艺创作，据陈源《西滢闲话》中所说："……商务印书馆出版的《星海》里有一篇最近《文艺出版物编目》，这里面的书目大约包含从新文学运动起，至一九二三年为止五六年中的作品。我数一数五六年中的创作，有小说（长篇、短篇、合集都在内）十三种……"直到一九二八年，曾虚白《给全国新文艺作者一封公开信》中说，自从新文化运动开始以至今日，十多年来努力的结果，称得起有文艺性的作品，只有二百多种译本，一百多种创作。一九三五年"良友文库"《史料·索引》中所列创作目录，列小说总集七种，小说别集一百〇一种。大约曾虚白所调查的连短篇在内，而"良友文库"则指专集而言。

抗战以后，新小说的数量虽则不见得有惊人的增加，但是内容和意识，却有很显著的进步，从民族革命的文学一直到战事结

---

① 默　底本作"然"，据史实改。
② 对　底本作"新"，据文意改。

束以后的民主文学，新的课题下，已发现了不少进步的作品。

新文艺的创作和译述很有关系，外国文学的接受，使我国人民开拓了眼界，正视于世界潮流的转变，这种新的思想，便不自觉地渗入于新的创作之中。《小说月报》改革以后，它底两大工作便是绍介外国文学与提倡新文艺，这意见到今天还是应该被重视的。

第五章

中国小说之整理与研究

研究整理中国小说的风气，在清末才开始，梁启超曾有一篇《小说与群治之关系》，使当时蔑视小说的风尚，为之一变。他在《中国历史研究法》一书中亦提出小说可以作为重要的史料：

> 中古及近代之小说，在作者本明告人以所记之非事实；然善为史者，偏能于非事实中觅出事实。例如《水浒传》中"鲁智深醉打山门"，固非事实也，然元明间犯罪之人得一度牒即可以借佛门作逋①逃薮，此却为一事实。《儒林外史》中"胡屠户奉承新举人女婿"，固非事实也，然明清间②乡曲之人一登科第，便成为社会上特别阶级，此却为一事实。此类事实，往往在他书中不能得，而于小说中得之。须知作小说

---

① 逋　底本作"逭"，据《中国历史研究法》（P.56）改。
② 间　底本脱，据《中国历史研究法》（P.56）补。

者无论骋其冥想至①何程度，而一涉笔叙事，总不能脱离其所处之环境，不知不觉，遂将当时社会背景写出一部分，以供后世史家之取材。

此种看法，与明末金人瑞之批《水浒》《西厢》的态度大不相同。而小说之评价，因此而日高。民国以后，政体既已改革，思想因随之而奔放，又因清代禁书之例甚严，自顺治至嘉庆，禁书凡八次，"印者流，卖者徒"（见俞正燮《癸巳存稿》九），士人对于小说除官版者外，不敢收藏以取祸，及于民国，乃得自由阅读，无所顾忌。此时，对于小说之态度，一为如梁氏之研究其思想，一为如林纾之研究其文笔。承新文化运动以后，胡适、蔡元培、陈独秀等对于旧小说舍两者而弗由，专事考证钩沉之学。盖因旧小说至此时，虽甚发达，而作者久湮，源流莫明，稽考之功，自为当时的急务。于是对于小说的研究，分为四种态度：

1. 考证每部书的故事源流及作者生平，如胡适的《水浒传考证》等。

2. 研究每部小说的版本及演化之迹，如②郑振铎的《三国志的几种版本》。

---

① 底本"至"下衍"如"，据《中国历史研究法》（P.56）删。
② 如　底本脱，据文意补。

3. 研究中国小说的历史，如鲁迅《小说史略》。

4. 缀述旧闻，抄辑散逸，如蒋瑞藻《小说考证》、鲁迅《古小说钩沉》。

第一节　历代小说书目之记录

因为中国历来对于"小说"的歧视，所以史书之中，记录小说的书目，也略而不详。古代的小说，散见于各家之说中，既无专书，也就无所谓目录了。汉代班固删刘歆的《七略》而成《汉书·艺文志》，分诸子为九流十家，小说为十家之一。又称可观者"九家"，把小说列入九流之外。中国史书之中，记载小说书目的，当以此为最早。《汉书·艺文志·诸子略》载小说十五家：

《伊尹说》二十七篇。（原注："其语浅薄，似依托也。"）

《鬻子说》十九篇。（原注："后世所加。"）

《周考》七十六篇。（原注："考周事也。"）

《青史子》五十七篇。（原注："古史官记事也。"）

《师旷》六篇。（原注："见《春秋》，其言浅薄，本与此同，似因托之。"）

《务成子》十一篇。（原注："称尧问，非古语。"）

《宋子》十八篇。（原注："孙卿道宋子，其言黄老意。"）

第五章 中国小说之整理与研究

《天乙》三篇。(原注:"天乙谓汤,其言者殷时,皆依托也。")

《黄帝说》四十篇。(原注:"迂诞依托。")

《封禅方说》十八篇。(原注:"武帝时。")

《待诏臣饶心术》二十五篇。(原注:"武帝时。师古曰:'刘向《别录》云:饶,齐人也,不知其姓,武帝时待诏,作书,名曰《心术》。'")

《待诏臣安成未央术》一篇。(原注:"应劭曰:'道家也,好养生事,为未央之术'")。

《臣寿周纪》七篇。(原注:"项国圉人,宣帝时。")

《虞初周说》九百四十三篇。(原注:"河南人,武帝时以方士侍郎,号黄车使者。应劭曰:'其说以《周书》为本。'师古曰:《史记》云:虞初,洛阳人。即张衡《西京赋》'小说九百,本自虞初'者也。")

《百家》百三十九卷。

右小说十五家,千三百八十篇。

据班固所注,或称"依托",或称"迂诞"。而其中又有一部分是道家方士之说,按之现代所谓"小说",意义完全不同。且《诸子略》所载十五家,到梁代仅存《青史子》一卷,至隋亦已亡佚。也可以说此十五家,已有目无书了。到唐代贞观中,长孙无忌等修《隋书》，魏徵撰《经籍志》，分经、史、子、集作四部，以小说入子部。小说共二十五部一百五十五卷：

《燕丹子》一卷。

《杂语》五卷。

《郭子》三卷。（原注："东晋中郎郭澄之撰。"）

《杂对语》三卷。

《要用语对》四卷。

《文对》三卷。

《琐语》一卷。（原注："梁金紫光禄大夫顾协撰。"）

《笑林》三卷。（原注："后汉给事中邯郸淳撰。"）

《笑苑》四卷。

《解颐》二卷。（原注："杨松玢撰。"[①]）

《世说》八卷。（原注："宋临川王刘义庆撰。"）

《世说》十卷。（原注："刘孝标注。梁有《俗说》一卷，亡。"）

《小说》十卷。（原注："梁武帝敕[②]安右长史殷芸撰。梁目三十卷。"）

[①] 《隋书·经籍志》作"阳玠松撰"，下有注曰："阳玠松，原作'杨松玢'。姚考：《史通·杂述》篇及《直斋书录解题》史部传记类载阳玠松著《谈薮》二卷，此处《解颐》即《谈薮》之异名。今据改。"据《隋书》（P.1052）注。
[②] 底本"敕"下衍"长"，据《隋书》（P.1011）删。

第五章 中国小说之整理与研究

《小说》五卷。

《迩说》一卷。(原注:"梁南台治书伏梴撰。"①)

《辩林》二十卷。(原注:"萧贲撰。")

《辩林》二卷。(原注:"席希秀撰。")

《琼林》七卷。(原注:"周兽门学士阴颢撰。")

《古今艺术》二十卷。

《杂书钞》十三卷。

《座右方》八卷。(原注:"庾元威撰。")

《座右法》一卷。

《鲁史欹器图》一卷。(原注:"仪同刘徽注。")

《器准图》三卷。(原注:"后魏丞相士曹行参军信都芳撰。")

《水饰》一卷。

《隋书·经籍志》所载小说书目中,后三种实在不是小说,大盖因为无类可归,所以附丽于小说部之后。其他如《座右方》《座右法》之类,亦不是应该归入于小说之部的。鲁迅《中国小说史略》称:"其②所著录,《燕丹子》而外无晋以前书,别益以记谈③笑应

---

① 《隋书·经籍志》此句原作"梁南台治书伏挺撰",下有注曰:"伏挺,原作'伏梴',据《梁书》本传改。"据《隋书》(P.1053)注。
② 底本"其"下衍"称",据《中国小说史略》(P.8)删。
③ 谈　底本脱,据《中国小说史略》(P.8)补。

对，叙艺术器物游乐者。"但以"小说"为专集的署名的，当始于殷芸的《小说》。所以《隋书·经籍志》中所载的小说，实即晋六朝时代的类似"小说"的书目。

《旧唐书·经籍志》所录小说书目，系删去《隋志》亡书，而增加张华的《博物志》十卷（《博物志》，《隋志》入杂家）。至宋欧阳修撰《新唐书·艺文志》，小说类中，增加晋隋之间志怪小说（自张华《列异传》至吴均[①]《续齐谐记》[②]），共十五家一百五十卷，又增说因果之书（自王延秀[③]《感应传》至侯君素《旌异记》等）共九家七十卷，并附李恕《诫子拾遗》、刘孝孙《事始》、李涪《刊误》、陆羽《茶经》等等，仍以小说类为杂类，凡无类可归的一切教诫、服用等书，都附在这一类中。

唐代小说之书目，以《唐代丛书》所载为最详尽。《唐代丛书》原名《唐人说荟》，坊刻本凡二十卷。旧有桃源居士辑本，凡一百四十四种。清代陈莲塘再加以《说郛》等书，为一百六十四种。由此可见唐代小说为史家所未曾注意者，实为其最精彩的一部分[④]：

[①] 均 底本作"筠"，据《新唐书》（P.1540）改。
[②] 底本"记"下衍"诗"，据《新唐书》（P.1540）删。
[③] 秀 底本作"秃"，据《新唐书》（P.1540）改。
[④] 此下所录名目，均据《唐人说荟》，然此书为书坊杂凑之书，鲁迅曾批其"妄造书名""乱题撰人"之处甚多，故不可信。

第五章 中国小说之整理与研究

《隋唐嘉话》刘𫗴 《朝野佥载》张鹭 《尚书故实》李绰

《中朝故事》尉迟偓 《金銮密记》韩偓 《杜阳杂编》苏鹗

《幽闲鼓吹》张固 《桂苑丛谈》冯翊子 《刘宾客嘉话录》韦绚

《松窗杂记》杜荀鹤 《次柳氏旧闻》李德裕 《大唐传载》无名氏

《开元天宝遗事》王仁裕 《开天传信记》郑棨 《大唐新语》刘肃

《明皇杂录》郑处诲 《常侍言旨》柳珵 《云溪友议》范摅

《国史补》李肇 《因话录》赵璘 《剧谈录》康骈

《法苑珠林》释道世 《宣室志》张读 《甘泽谣》袁郊

《南楚新闻》尉迟枢 《玉泉子》无名氏 《金华子杂编》刘崇远

《耳目记》张鹭 《潇湘录》李隐 《小说旧闻记》柳公权

《摭言》王定保 《记事珠》冯贽 《谐噱录》朱揆

《龙城录》柳宗元 《岭表录异》刘恂 《来南录》李翱

《北里志》孙棨 《迷楼记》韩偓 《海山记》韩偓

《开河记》韩偓 《南部烟花记》冯贽 《教坊记》崔令钦

《本事诗》孟启 《歌者叶记》沈亚之 《李谟吹笛记》杨巨源

《异疾志》段成式 《周秦行纪》牛僧孺 《梅妃传》曹邺

《杨太真外传》乐史 《长恨歌传》陈鸿 《红线传》杨巨源

《刘无双传》薛调 《霍小玉传》蒋防 《牛应贞传》宋若昭

《谢小娥传》李公佐 《李娃传》白行简 《杨娼传》房千里

《章台柳传》许尧佐 《步非烟传》皇甫枚 《扬州梦记》于邺

《杜秋传》杜牧 《龙女传》薛莹 《妙女传》顾非熊

175

《神女传》孙颀 《雷民传》沈既济 《会真记》元稹

《黑心符》于义方 《南柯记》李公佐 《枕中记》李泌

《酉阳杂俎》段成式 《诺皋记》《酉阳杂俎》中之一部分

《支诺皋》《酉阳杂俎》中之一部分

《前定录》钟辂 《卓异记》李翱 《摭异记》李浚（？）

《集异记》薛用弱 《集异志》陆勋 《幽怪录》王悸

《续幽怪录》李复言 《闻奇录》于逖 《志怪录》陆勋

《灵应录》于逖 《垄上记》苏颋 《鬼冢志》褚遂良

《幻影传》薛昭蕴 《幻戏志》蒋防 《幻异志》孙颀

《稽神录》南唐徐铉 《锦裙记》陆龟蒙 《冥音录》朱庆余

《离魂记》陈玄祐 《再生记》阎选 《冤债记》吴融

《尸媚传》张泌 《奇鬼传》杜青蒉 《才鬼记》郑賨

《灵鬼志》常沂 《妖妄传》朱希济 《东阳夜怪录》王洙

《物怪录》徐巍 《灵怪录》牛峤 《人虎传》李景亮

《白猿传》无名氏 《猎狐记》孙恂 《任氏传》沈既济

《袁氏传》顾夐 《夜叉传》段成式

《金刚经鸠异》《酉阳杂俎》之一部分

宋代敕修《太平广记》五百卷，目录十卷，采取古代小说三百四十五种，汉晋至五代的小说书，分类编纂，得五十五部。列唐人传奇为"杂传记"九卷，此外最多者为"神仙"五十五卷，

"报应"三十三卷,"神"二十五卷,"鬼"四十卷。宋太平兴国二年改修,《四库书目提要》称为:"古来奇文秘笈咸在焉……小说家之渊海也。"[1] 至今本书已亡佚者,多赖此可以考订,但其书系分类编纂,不以书目为编次。此书系李昉监修,同修的人有徐铉、吴淑,此二人均有小说传世。

《宋史》《元史》《明史》之《艺文志》,所载小说书目之体例和《唐书》差不多,内容芜杂不堪。清代的纪昀作《四库全书总目提要》,以《穆天子传》入小说,并分小说为三派,所谓"叙述杂事""记录异闻""缀缉琐语"。小说之内包与外延的范围,稍有轮廓:

《西京杂记》六卷汉刘歆、晋葛洪　《世说新语》三卷宋刘义庆

《朝野佥载》六卷唐张鷟　《唐国史补》三卷[2]李肇

《大唐新语》十三卷刘肃[3]　《次柳氏旧闻》一卷李德裕

《刘宾客嘉话录》一卷韦绚

《明皇杂录》二卷、《别录》一卷郑处海

《因话录》六卷赵璘　《大唐传载》一卷无名氏

---

[1] 《四库全书总目》此句原作:"古来轶闻琐事、僻笈遗文咸在焉。卷帙轻者往往全部收入,盖小说家之渊海也。"据《四库全书总目汇订》(P.4487) 注。

[2] 三卷　底本脱,据《四库全书总目汇订》(P.4367) 补。

[3] 肃　底本作"来",据《四库全书总目汇订》(P.4368) 改。

小说篡要

《教坊记》一卷崔令钦 《幽闲鼓吹》一卷张固

《松窗杂录》一卷李浚，或作韦浚 《云溪友议》三卷范摅

《玉泉子》一卷无名氏 《云仙杂记》十卷冯贽

《唐摭言》十五卷五代王定保 《中朝故事》二卷南唐尉迟偓

《金华子》二卷南唐刘崇远 《开元天宝遗事》四卷五代王仁裕

《鉴戒录》十卷蜀何光远 《南唐近事》一卷宋郑文宝

《北梦琐言》二十卷孙光宪 《贾氏谈录》一卷[①]张洎

《洛阳搢绅旧闻记》五卷张齐贤 《南部新书》十卷钱易

《王文正笔录》一卷王曾 《儒林公议》二卷田况

《涑水记闻》十六卷司马光

《渑水燕谈录》十卷王辟之，一作王关之

《归田录》二卷欧阳修 《嘉祐杂志》二卷江休复[②]

《东斋记事》六卷范镇 《青箱杂记》十卷吴处厚

《钱氏私志》一卷钱彦远[③]，或作钱愐 《龙川略志》十卷苏辙[④]

《别志》八卷苏辙 《后山谈丛》四卷陈师道

《孙公谈圃》三卷刘延世 《孔氏谈苑》四卷孔平仲

《画墁录》一卷张舜民 《甲申杂记》一卷王巩（定国）

《闻见近录》一卷王巩 《随手杂录》一卷王巩

---

① 一卷　底本脱，据《四库全书总目汇订》(P.4391)补。
② 复　底本脱，据《四库全书总目汇订》(P.4400)补。
③ 远　底本脱，据《四库全书总目汇订》(P.4403)补。
④ 辙　底本作"轼"，据《四库全书总目汇订》(P.4404)改。

第五章 中国小说之整理与研究

《湘山野录》三卷僧文莹 《续录》一卷僧文莹

《玉壶野史》十卷僧文莹 《东轩笔录》十五卷魏泰

《侯鲭录》八卷赵令畤 《泊宅编》三卷方勺

《珍席放谈》二卷高晦叟 《铁围山丛谈》六卷蔡絛

《国老谈苑》二卷夷门隐叟 《道山清话》一卷无名氏

《墨客挥犀》十卷彭乘 《唐语林》八卷王谠（正甫）

《枫窗小牍》二卷无名氏 《南窗记谈》一卷无名氏

《过庭录》一卷范公偁 《萍洲可谈》三卷朱彧

《高斋漫录》一卷曾慥 《墨记》三卷王铚

《挥麈前录》四卷王明清 《后录》十一卷王明清

《第三录》三卷王明清 《余话》二卷王明清

《玉照新志》六卷王明清 《投辖录》一卷王明清

《张氏可书》一卷无名氏 《闻见前录》二十卷邵伯温

《清波杂志》十二卷周煇 《别志》三卷周煇

《鸡肋编》三卷庄季裕 《闻见后录》三十卷邵博

《北窗炙輠录》一卷施德操 《步里客谈》二卷陈长方

《桯史》十五卷岳珂 《独醒杂志》十卷曾敏行

《耆旧续闻》十卷陈鹄（？）《四朝闻见录》五卷叶绍翁

《癸辛杂识前集》一卷周密 《后集》一卷周密

《续集》二卷周密 《别集》二卷周密

《随隐漫录》五卷陈随隐 《东南纪闻》三卷无名氏

《归潜志》十四卷元刘祁　《山房随笔》一卷蒋子正

《山居新语》四公杨瑀　《遂昌杂录》一卷郑元祐①

《乐郊私语》一卷姚桐寿　《辍耕录》三十卷陶宗仪

《水东日记》三十八卷明叶盛　《菽园杂记》十五卷陆容

《先进遗风》二卷耿定向　《觚不觚录》一卷王世贞

《何氏语林》三十卷何良俊

右小说家类"杂事"之属，八十六部，五百八十一卷。

《山海经》十八卷晋郭璞注　《山海经广注》十八卷清吴任臣②

《穆天子传》六卷晋郭璞注　《神异经》一卷旧题东方朔撰

《海内十洲记》一卷旧题东方朔撰

《汉武故事》一卷旧题班固撰　《汉武帝内传》一卷旧题班固撰

《汉武洞冥记》四卷旧题郭宪撰　《拾遗记》十卷秦王嘉

《搜神记》二十卷晋干宝　《搜神后记》十卷旧题陶潜撰

《异苑》十卷宋刘敬叔③　《续齐谐记》一卷梁吴均

《还冤志》三卷隋颜之推　《集异记》一卷唐薛用弱

《博异记》一卷无名氏　《杜阳杂编》三卷苏鹗

《前定录》一卷钟辂　《续录》一卷钟辂

---

① 郑元祐　底本作"邹元佑"，据《四库全书总目汇订》（P.4450）改。

② 《山海经广注》十八卷清吴任臣　底本脱，据《四库全书总目汇订》（P.4458）补。

③ 叔　底本脱，据《四库全书总目汇订》（P.4471）补。

《桂苑丛谈》一卷冯翊子 《剧谈录》二卷康骈

《宣室志》十卷、《补遗》一卷张读

《唐阙史》二卷高彦休 《甘泽谣》一卷袁郊

《开天传信记》一卷郑綮 《稽神录》六卷宋徐铉

《江淮异人录》二卷吴淑 《分门古今类事》二十卷无名氏

《太平广记》五百卷宋李昉等 《茆亭客话》十卷黄休复①

《陶朱新录》一卷马纯 《睽车志》六卷郭彖

《夷坚支志》五十卷洪迈

右小说家类"异闻"之属，三十二部，七百二十四②卷。

《博物志》十卷晋张华 《述异记》二卷③梁任昉

《酉阳杂俎》二十卷、《续集》十卷④唐段成式

《清异录》二卷宋陶穀 《续博物志》十卷旧题晋李石撰

右小说家类"琐语"之属，五部，五十四卷。

至于通俗小说以及平话演义等小说，史书均未记录。鲁迅云："至于宋之平话，元明之演义，自来盛行民间，其书故当甚夥，而史志皆不录。惟明王圻作《续文献通考》，高儒作《百川书

---

① 复 底本脱，据《四库全书总目汇订》（P.4489）补。
② 四 底本作"五"，据《四库全书总目汇订》（P.4494）改。
③ 二卷 底本脱，据《四库全书总目汇订》（P.4498）补。
④ 二十卷、《续集》十卷 底本脱，据《四库全书总目汇订》（P.4500）补。

志》,皆收《三国志演义》及《水浒传》,清初钱曾作《也是园书目》,亦有通俗小说《三国志》等三种、宋人词话《灯花婆婆》等十六种。然《三国》《水浒》,嘉靖中有都察院刻本,世人视若官书,故得见收,后之书目,寻即不载,钱曾则专事收藏,偏重版本,缘为①旧刊,始以入录,非于艺文有真知,遂离叛于曩例也。史家成见,自汉迄今盖略同:目录亦史之支流,固难有超其分际者矣。"《也是园书目》中所载通俗小说三种为《宣和遗事》《京本通俗小说》《大唐三藏取经诗话》,而其戏曲部中之宋人词话十二种为:

《灯花婆婆》《风吹轿儿》《冯玉梅团圆》《种瓜张老》《错斩崔宁》《简帖和尚》《紫罗盖头》《山亭儿》《李焕生五阵雨》《女报冤》《西湖三塔》《小金钱》

其中《错斩崔宁》与《冯玉梅团圆》二种,在现存残本《京本通俗小说》中。现存的《京本通俗小说》残本,系从第十卷起至二十一卷止,其目录如下:

《碾玉观音》《菩萨蛮》《西山一窟鬼》《志诚张主管》

---

① 为 底本作"有",据《中国小说史略》(P.11)改。

第五章 中国小说之整理与研究

《拗相公》《错斩崔宁》《冯玉梅团圆》《金虏海陵王荒淫》

这是现存宋人话本中最早的书目。《永乐大典》中有"平话"一门,所收话本甚多,惜已沦佚。《四库全书总目提要》杂史类《平播始末》条下说:"《永乐大典》有平话一门,所收至夥,皆优人以前代轶事敷衍成文而口述之。"又《古今小说》(即《喻世明言》之前身)绿天馆主人序中亦说:"南宋供奉局有说话人,如今说书之流。其文必通俗,其作者莫可考。泥马倦勤,以太上享天下之养。仁寿清暇,喜阅话本,命内珰日进一帙,当意,则以金钱厚①酬。于是内珰辈广求先代奇迹及闾里新闻,倩人敷演进御,以怡天颜。然一览辄置,卒多浮沉内庭,其传布民间者,什不一二耳。"宋人话本,后人缀辑成书而借以流传的有明人冯梦龙所编的《喻世明言》《警世通言》《醒世恒言》,合称"三言"。其中《喻世明言》一书,二十四篇,全出于《古今小说》。《古今小说》,编者不详,内容关于春秋的两种,汉三种,梁(南朝)二种,唐三种,五代四种,宋金合十九种,元二种,明五种。《喻世明言》,又题《重刻增补古今小说》,共二十四种。《醒世恒言》四十种,汉二种,隋三种,唐八种,五代一种,宋金十一种,明十五种。《警世通言》亦四十种,同于《京本通俗小说》的有七种。除了

---

① 厚 底本作"为",据《中国历代小说序跋集》(P.773)改。

"三言"之外,作"三言"的续书的,有明凌濛初的《拍案惊奇》及《二刻拍案惊奇》,系仿宋人话本的作品。

以上诸书,被抽选之后,变成为现代流行的《今古奇观》。《今古奇观》共四十种,除《念亲恩孝女藏儿》一种未详其来源之外,出于《古今小说》的有八种(在《明言》中的有五种),出于《通言》的有十种,出于《恒言》的有十一种,出于《拍案惊奇》的有七种,出于《二刻拍案惊奇》的有二种。全书内容有关于春秋战国的三种,汉一种,唐六种,五代一种,宋九种,元二种,明十八种。它序文中说:"至有宋孝皇[①]以天下养太上,命侍从访民间奇事,日进一回,谓之说话人,而通俗演义一种乃始盛行……墨憨斋增补《平妖》,穷工极变,不失本末,其技在《水浒》《三国》之间。至所纂《喻世》《警世》《醒世》三言,极摹人情事态之歧,备写悲欢离合之致……即空观[②]主人壶矢代兴,爰有《拍案惊奇》两刻,颇费搜获,足供谈麈,合之共[③]二百种,卷帙浩繁,观览难周……而抱瓮老人先得我心,选刻四十种,名为《今古奇观》。"日本盐谷温曾有《宋明通俗小说流传表》,录之于后:

---

① 皇 底本作"王",据《中国历代小说序跋集》(P.792)改。
② 观 底本作"欢",据《中国历代小说序跋集》(P.793)改。
③ 共 底本脱,据《中国历代小说序跋集》(P.793)补。

第五章 中国小说之整理与研究

《京本通俗小说》	《古今小说》	《今古奇观》
	蒋兴哥重会珍珠衫①（《明言》第四）	蒋兴哥重会珍珠衫
	陈御史巧勘金钗钿（《明言》第二）	陈御史巧勘金钗钿
	新桥市韩五卖春情（《明言》第六）	
	闲云庵阮②三偿冤债（《明言》第七）	
	穷马周遭际卖䭔③媪（《明言》十一）	
	葛令公生遣弄珠儿	
	羊角哀舍命全交 （一本作《羊角哀一死战荆轲》）	羊角哀舍命全交
	吴保安弃家赎友（《明言》第二十一）	吴保安弃家赎友
	裴晋公义还原配（《明言》第十二）	裴晋公义还原配
	滕大尹鬼断家私（《明言》第三）	滕大尹鬼断家私
	赵伯昇茶肆遇仁宗（《明言》第十）	
	众名姬春风吊柳七	
	张道陵七试赵昇	
	陈希夷四辞朝命（《明言》第九）	
	史弘肇④龙虎君臣会（《明言》第二十）	
	范巨卿鸡黍⑤死生交	
	单符郎全州佳偶	
	杨八老越国奇逢（《明言》第二十四）	
	杨谦之客舫遇侠僧（《明言》第十四）	
	陈从善⑥梅岭失浑家（《明言》第二十二）	
	临安里钱婆留发迹	
	张舜美元宵得丽女	

---

① 衫　底本作"衿"，据《冯梦龙全集·古今小说》（目录）改。
② 阮　底本作"院"，据《冯梦龙全集·古今小说》（目录）改。
③ 䭔　底本作"锤"，据《冯梦龙全集·古今小说》（目录）改。
④ 肇　底本作"笔"，据《冯梦龙全集·古今小说》（目录）改。
⑤ 黍　底本作"泰"，据《冯梦龙全集·古今小说》（目录）改。
⑥ 善　底本作"华"，据《冯梦龙全集·古今小说》（目录）改。

	杨思温燕山逢故人	
	晏平仲二桃①杀三士	
	沈小官一鸟害七命（《明言》第八）	
	金玉奴棒打薄情郎	金玉奴棒打薄情郎
	李秀卿义结黄贞女	
	月明和尚度柳翠	
	明悟禅师赶五戒②	
	闹③阴司司马貌断狱（《明言》第十五）	
	游酆都胡母迪吟诗（《明言》第十七）	
	张古老种瓜娶文女	
	李公子救蛇获称心（《明言》第十八）	
	简帖僧巧骗皇甫妻	
	宋四公大闹禁魂张（《明言》第十二）	
	梁武帝累修归极乐 （一本作《梁武帝累修④成佛》）	
	沈小霞相会出师表	沈小霞相会出师表
《警世通言》		
	俞伯牙摔琴谢知音	俞伯牙摔琴谢知音
	庄子休鼓盆成大道	庄子休鼓盆成大道
	王安石三难苏学士	
拗相公	拗相公恨饮半山堂	
	吕大郎还金完骨肉	吕大郎还金完骨肉
	俞仲举题诗遇上皇	
菩萨蛮	陈可常端阳仙化	
碾玉观音	崔待诏生死冤家 原注："宋人小说题作《碾玉观音》。"	

---

① 桃　底本作"挑"，据《冯梦龙全集·古今小说》（目录）改。
② 戒　底本作"戎"，据《冯梦龙全集·古今小说》（目录）改。
③ 闹　底本作"斗"，据《冯梦龙全集·古今小说》（目录）改。
④ 梁武帝累修　底本作"归极乐狱作"，据《冯梦龙全集·古今小说》（目录）改。

	李谪仙醉草吓蛮书	李谪仙醉草吓蛮书
	钱舍人题诗燕子楼	
	苏知县罗衫再合	
冯玉梅团圆	范鳅儿双镜重圆	
	三现身包龙图断冤	
西山一窟鬼	一窟鬼癞道人除怪 原注："宋人小说旧名《西山一窟鬼》。"	
	金令史美婢酬秀童	
志诚张主管	张主管志诚脱奇祸 原注："尾州本本文作《小夫人金钱赠年少》。"	
	钝秀才一朝交泰	钝秀才一朝交泰
	老门生三世报恩	老门生三世报恩
定山三怪	崔衙内白鹞①招妖 原注："古本作《定山三怪》，又云《新罗白鹞》。"	
	计押番金鳗产祸 原注："旧名《金鳗记》。"	
	赵太祖千里送京娘	
	宋小官团圆破毡笠	宋金郎团圆破毡笠
	乐小舍拼生觅偶② 原注："一名《喜乐和顺记》。"	
	玉堂春落难逢夫③	
	桂员外途穷忏悔	
	唐解元玩世出奇 原注："尾州本本文作《唐解元一笑姻缘》。"	唐解元玩世出奇

---

① 鹞　底本作"鹤"，据《冯梦龙全集·警世通言》(目录)改。
② 偶　底本作"喜顺"，据《冯梦龙全集·警世通言》(目录)改。
③ 玉堂春落难逢夫　底本作"卓文君慧眼识相如"，据《冯梦龙全集·警世通言》(目录)改。

	假神仙大闹华光①庙（与《明言》重出，《明言》第二十三）	
	白娘子永镇雷峰塔	
	宿香亭张浩遇莺莺	
	金明池吴清逢爱爱	
	赵春儿重旺曹家庄	
	杜十娘怒沉百宝箱	杜十娘怒沉百宝箱
	乔彦杰一妾②破家	
	王娇鸾百年长恨	王娇鸾百年长恨
	况太守路断死孩儿	
	赵知县火烧皂角林 原注："尾州本本文作《皂角林大王假形》。"	
	万秀娘仇报山亭儿	
	蒋淑贞刎颈鸳鸯会	
	福禄寿③三星度世	
	旌阳宫铁树④镇妖	
	《醒世恒言》	
	两县令竞义婚孤女	两县令竞义婚孤女
	三孝廉让产立高名	三孝廉让产立高名
	卖油郎独占花魁	卖油郎独占花魁
	灌园叟晚逢仙女	灌园叟晚逢仙女
	大树坡义虎送亲	
	小水湾天狐诒书	
	钱秀才错占凤凰俦	钱秀才错占凤凰俦

---

① 光　底本作"元"，据《冯梦龙全集·警世通言》（目录）改。
② 妾　底本作"旁"，据《冯梦龙全集·警世通言》（目录）改。
③ 寿　底本作"会"，据《冯梦龙全集·警世通言》（目录）改。
④ 旌阳宫铁树　底本作"叶法师符石"，据《冯梦龙全集·警世通言》（目录）改。

	乔太守乱点[①]鸳鸯谱	乔太守乱点鸳鸯谱
	陈多寿生死夫妻	
	刘小官雌雄兄弟	
	苏小妹三难新郎	苏小妹三难新郎
	佛印师[②]四调琴娘	
	勘皮靴单证二郎神	
	闹樊楼多情周胜仙	
	赫大卿遗恨鸳鸯绦	
	陆五汉硬留合色鞋	
	张孝基陈留认舅	
	施润泽滩阙遇友	
	白玉娘忍苦成夫（与《明言》重出，《明言》第五）	
	张廷秀逃生救父（与《明言》重出，《明言》第一）	
	张淑儿巧智脱杨生	
	吕洞宾飞剑斩黄龙	
金主亮荒淫	金海陵纵欲亡身	
	隋炀帝逸游召谴	
	独孤生归途闹梦	
	薛录事鱼服证仙	
	李玉英监中讼冤	
	卢太学诗酒傲公侯（原注："通行本公作王。"）	卢太学诗酒傲公侯
	李汧公穷邸遇侠客	李汧公穷邸遇侠客

---

① 点　底本作"占"，据《冯梦龙全集·醒世恒言》（目录）改。
② 师　底本脱，据《冯梦龙全集·醒世恒言》（目录）补。

	郑节使立功神臂弓	
	黄秀才徼[①]灵玉马坠	
错斩崔宁	十五贯戏言成巧祸 原注:"宋本作《错斩崔宁》。"	
	一文钱小隙造奇冤	
	徐老仆义愤成家	徐老仆义愤成家
	蔡瑞虹忍辱报仇	蔡瑞虹忍辱报仇
	杜子春三入长安	
	李道人独步云门	
	汪大尹火焚宝莲寺	
	马当神风送滕王阁	
	《拍案惊奇》	
	转运汉遇巧洞庭红　波斯胡指破鼍龙壳	转运汉遇巧洞庭红
	姚滴珠避羞惹羞　郑月娥将[②]错就错	
	刘东山夸技顺城门　十八兄奇踪[③]村酒肆	
	程元玉店肆代偿钱　十一娘云[④]冈纵谭侠	
	感神明张德容遇虎　凑吉日裴越客乘龙	
	酒下酒赵尼媪迷花　机中机贾秀才报怨	
	唐明皇好道集奇人　武惠妃崇禅斗异法	
	乌将军一饭必酬　陈大郎三人重会	
	宣徽院仕女秋千会　清安寺夫妇笑啼缘	
	韩秀士乘乱聘娇妻　吴太守怜才主姻簿	
	恶船家计赚假尸银　狠仆人误投真命状	
	陶家翁大雨留宾　蒋震[⑤]卿片言得妇	怀私怨狠仆告主
	赵六老舐犊丧残生　张知县诛枭成铁案	
	酒谋财于郊肆恶　鬼对案杨化借尸	

---

① 徼　底本作"激",据《冯梦龙全集·醒世恒言》(目录)改。
② 将　底本作"得",据《拍案惊奇》(目录)改。
③ 踪　底本作"纵",据《拍案惊奇》(目录)改。
④ 云　底本作"灵",据《拍案惊奇》(目录)改。
⑤ 震　底本作"宪",据《拍案惊奇》(目录)改。

	卫朝奉狠心盘贵产　陈秀才巧计赚原房	
	张溜儿熟布迷魂局　陆蕙娘立决到头缘	
	西山观设箓度亡魂　开封府备棺追活命	
	丹客半黍九还　富翁千金一笑	夸妙术丹客提金
	李公佐巧解梦中言　谢小娥智擒船上盗	
	李克让竟达空函　刘元普双生贵子	刘元普双生贵子
	袁尚宝①相术动名卿　郑舍人阴功叨世爵	
	钱多处白丁横带　运退时刺史当艄	逞多才白丁横带
	大姊魂游完宿愿　小姨②病起续前缘	
	盐官邑老魔魅色　会骸山大士诛邪	
	赵司户千里遗音　苏小娟③一诗正果	
	夺④风情村妇⑤捐躯　假天语幕僚断狱	
	顾阿秀喜舍檀那物　崔俊臣巧会芙蓉屏	崔俊臣巧会芙蓉屏
	金光洞主谈旧迹　玉虚尊者悟前身	
	通闺闼坚心灯火　闹图圄捷报旗铃	
	王大使威行部下　李参军冤报生前	
	何道士因术成奸　周经历因奸破贼	
	乔兑换胡子宣淫　显报施卧师入定	
	张员外义抚螟蛉子　包龙图智赚合同文	
	闻人生野战⑥翠浮庵　静观尼昼⑦锦黄⑧沙巷	
	诉穷汉暂掌别人钱　看财奴刁买冤家主	看财奴刁买冤家主
	东廊僧怠招魔　黑衣盗奸生杀	

---

① 宝　底本作"室"，据《拍案惊奇》（目录）改。
② 姨　底本作"妹"，据《拍案惊奇》（目录）改。
③ 娟　底本作"妹"，据《拍案惊奇》（目录）改。
④ 夺　底本作"誓"，据《拍案惊奇》（目录）改。
⑤ 妇　底本作"娇"，据《拍案惊奇》（目录）改。
⑥ 战　底本作"兽"，据《拍案惊奇》（目录）改。
⑦ 昼　底本作"画"，据《拍案惊奇》（目录）改。
⑧ 黄　底本作"共"，据《拍案惊奇》（目录）改。

	《二刻拍案惊奇》	
	进香客①莽看金刚经　出狱僧巧完法会分	
	小道人一着②饶天下　女棋童两局注终身	
	权学士权认远乡姑　白孺人白嫁亲生女	
	青楼市探人踪　红花场假鬼闹	
	襄敏公元宵失子　十三郎五岁朝天	十三郎五岁朝天
	李将军错认舅　刘氏女诡从夫	
	吕使君情媾宦家妻　吴太守义配儒门女	
	沈将仕三千买笑钱　王朝议一夜迷魂阵	
	莽儿郎惊散新莺燕　侉梅香认合玉蟾蜍 原注："侉梅香旧作龙香女"。	
	赵五虎合计挑家衅　莫大郎立地散③神奸	
	满少卿饥附饱扬　焦文姬生仇死报	
	硬勘案大儒争闲气　甘受刑侠女著芳名	
	鹿胎庵客人作寺主　剡溪里旧鬼借新尸	
	赵县④君乔送黄柑　吴宣教干偿白镪	赵县君乔送黄柑子
	韩侍郎婢作夫人　顾提控掾⑤居郎署	
	迟取券毛⑥烈赖原钱　失还魂牙僧索剩⑦命	
	同窗友认假作真　女秀才移花接木	女秀才移花接木
	甄监⑧生浪吞秘药　春花婢误泄风情	
	田舍翁时时经理　牧童儿夜夜尊荣	

---

① 客　底本作"容"，据《二刻拍案惊奇》（目录）改。
② 着　底本作"看"，据《二刻拍案惊奇》（目录）改。
③ 散　底本作"敬"，据《二刻拍案惊奇》（目录）改。
④ 县　底本作"孙"，据《二刻拍案惊奇》（目录）改。
⑤ 掾　底本作"据"，据《二刻拍案惊奇》（目录）改。
⑥ 毛　底本作"元"，据《二刻拍案惊奇》（目录）改。
⑦ 剩　底本作"刺"，据《二刻拍案惊奇》（目录）改。
⑧ 监　底本作"贤"，据《二刻拍案惊奇》（目录）改。

	贾①廉访赝行府牒　商功父阴摄江巡	
	许察院感梦擒僧　王氏子因风获盗	
	痴公子狠使②噪脾钱　贤丈人巧赚回头婿	
	大姊魂游完宿愿　小姨病起续前缘	
	庵内看恶鬼善神　井中谈前因后果	
	徐茶酒乘闹劫新人　郑蕊珠鸣冤完旧案	
	懞教官爱女不受报　穷庠生助师得令终	
	伪汉裔夺妾山中　假将军还姝江上	
	程朝奉单遇无头妇　王通判双雪不明冤	
	赠芝麻识破假形　撷草药巧谐真偶	
	瘗③遗骸王玉英配④夫　偿聘金韩秀才赎子	
	行孝子到底不简尸　殉节妇留待双出柩	
	张福娘一心贞守　朱天锡万里符名	
	杨抽马甘请杖　富家郎浪受惊	
	任君用恣乐深闺　杨太尉戏宫⑤馆客	
	错调情贾母詈女　误告状孙郎得妻	
	王渔翁舍⑥镜崇三宝　白水僧盗物丧双生	
	叠居奇程客得助　三救厄海神显灵	
	两错认莫大姐⑦私奔　再成交杨二郎正本	
	神偷寄兴⑧一枝梅　侠盗惯行三昧戏	
	宋公明闹元宵杂剧	
	?	念亲恩孝女藏儿

---

① 贾　底本作"价"，据《二刻拍案惊奇》(目录)改。
② 使　底本作"伎"，据《二刻拍案惊奇》(目录)改。
③ 瘗　底本作"痊"，据《二刻拍案惊奇》(目录)改。
④ 配　底本作"死"，据《二刻拍案惊奇》(目录)改。
⑤ 宫　底本作"会"，据《二刻拍案惊奇》(目录)改。
⑥ 舍　底本作"抢"，据《二刻拍案惊奇》(目录)改。
⑦ 姐　底本作"姊"，据《二刻拍案惊奇》(目录)改。
⑧ 兴　底本作"与"，据《二刻拍案惊奇》(目录)改。

凌濛初《拍案惊奇序》云："宋元时有小说家一种，多采闾巷新事，为宫闱承应谈资，语多俚近，意存劝讽……龙子犹氏（冯梦龙字犹龙，别署龙子犹或墨憨斋）所辑《喻世》等诸言，颇存雅道，时著良规，一破今时陋习，如宋元旧种，亦被搜括殆尽。"此说甚为可信。《醒世恒言》中的《十五贯戏言成巧祸》注云"宋本作《错斩崔宁》"，《警世通言》中的《崔待诏生死冤家》注云"宋人小说题作《碾玉观音》"，足证凌氏的说法，自有其事实上的根据。

至如长篇话本，《五代平话》《大唐三藏取经诗话》为宋代的作品，日本内阁文库有《全相平话》残本，其中计存《武王伐纣书》三卷，《乐毅图齐七国春秋后集》三卷，《秦并六国》三卷，《吕后斩韩信》（《前汉书续集》）三卷，《三国志》三卷，为元代的作品。

自蒲松龄之《聊斋志异》出，而说鬼谈狐之笔记众；自《三国》《水浒》《西游》《金瓶梅》《红楼梦》《儒林外史》出，而史实、侠义、言情、谴责之章回小说盛。笔记小说书目，以文明书局印行的《笔记小说大观》收罗为最完备，共八辑，凡二百零四种：

第五章　中国小说之整理与研究

《谐铎》	清沈起凤①	《觚賸》	清钮琇
《子不语》	清袁枚	《萤窗异②草》	清长白浩③歌子
《夜雨秋灯录》	清宣瘦梅	《三异笔谈》	清许仲元
《埋忧集》	清朱梅叔	《墨余录》	清毛祥麟
《阅微④草堂笔记》	清纪晓岚	《耳食录》	清乐钧
《庸盦笔记》	清薛福成	《壶天录》	清百一居士
《两般⑤秋雨盦随笔》	清梁绍壬	《虫鸣漫录》	清采⑥蘅子
《淞南梦影录⑦》	清黄协埙	《闻见异辞》	清许秋垞
《涌幢小品》	明朱国祯	《舌⑧华录》	明曹荩⑨之
《此中人语》	清程趾⑩祥	《虞初新志》	清张山来
《虞初续志》	清郑醒愚	《春在堂随笔》	清俞樾
《漫游纪略》	清王胜时	《夷坚志》	宋洪迈
《云间据目抄》	明范濂	《锄经书舍零墨》	清黄协埙
《猫苑》	清黄汉	《蜀碧》	清彭遵泗
《岛居随录》	清卢若腾	《西清笔记》	清沈初
《雨窗消意录》	清牛应之	《渌水亭杂识》	清纳兰性德
《池北偶谈》	清王士祯	《萝庵游赏小志⑪》	清李慈铭
《广阳杂记》	清刘继庄	《茶余客话》	清阮吾山
《瓮牖余谈》	清王紫诠	《津门杂记》	清张焘⑫

---

① 凤　底本作"风"，据《中国古籍总目·丛书部》（P.853）改。
② 异　底本作"吴"，据《中国古籍总目·丛书部》（P.853）改。
③ 浩　底本脱，据《中国古籍总目·丛书部》（P.853）补。
④ 微　底本作"夜"，据《中国古籍总目·丛书部》（P.853）改。
⑤ 两般　底本脱，据《中国古籍总目·丛书部》（P.853）补。
⑥ 采　底本作"菜"，据《中国古籍总目·丛书部》（P.854）改。
⑦ 淞南梦影录　底本作"松南梦歌集"，据《中国古籍总目·丛书部》（P.854）改。
⑧ 舌　底本作"古"，据《中国古籍总目·丛书部》（P.854）改。
⑨ 荩　底本作"尽"，据《中国古籍总目·丛书部》（P.854）改。
⑩ 趾　底本作"汝"，据《中国古籍总目·丛书部》（P.854）改。
⑪ 志　底本作"记"，据《中国古籍总目·丛书部》（P.854）改。
⑫ 焘　底本作"廉"，据《中国古籍总目·丛书部》（P.854）改。

小说 纂要

《冷庐[①]杂识》	清陆敬安	《耳邮》	清羊朱翁
《听雨轩笔记》	清清凉道人	《瀛壖杂志》	清王韬
《初月楼闻见录》	清吴德旋	《归田琐记》	清梁章钜
《豁上遗闻集录》	清尹元炜	《履园丛话》	清钱泳
《清波杂志》	宋周辉	《咫闻录》	清慵讷居士
《岭外代答》	宋周去非	《重论文斋笔录》	清王端履
《涉史随笔》	宋葛洪	《香饮楼宾谈》	清陆长春
《游宦纪闻》	宋张世南	《蜀难叙略》	清沈荀蔚
《入蜀记》	宋陆务观	《粤行纪事》	清瞿昌文
《云溪友议》	唐范摅	《梦粱录》	宋吴自牧
《五总志》	宋吴坰	《甲申杂记》	宋王巩
《洛阳搢绅旧闻记》	宋张齐贤	《芦浦笔记》	宋刘昌诗
《玉壶清话》	宋释文莹	《随手杂录》	宋王巩
《渑水燕谈录》	宋王辟之	《续夷坚志》	金元裕之
《吹剑录》	宋俞文豹	《砚北杂志》	元陆友仁
《猗觉寮杂记》	宋朱翌	《北轩笔记》	元陈世隆
《志雅堂杂钞》	宋周密	《庶斋老学丛谈》	元盛如梓
《武林旧事》	宋周密	《昨非庵日纂》	明郑瑄
《台湾外记》	清江日昇	《韵石斋笔谈》	明姜绍书
《明斋小识》	清诸晦香	《海岳志林》	明毛子晋
《南省公余录》	清梁章钜	《郎潜纪闻》	清陈康祺
《退庵随笔》	清梁章钜	《燕下乡脞录》	清陈康祺
《大唐新语》	唐刘肃	《青箱杂记》	宋吴处厚
《墨客挥犀》	宋彭乘	《墨庄漫录》	宋张邦基[②]
《厚德录》	宋李元纲	《归潜志》	金刘祁
《嬾真子》	宋马永卿	《北行日谱》	明朱祖文
《朝野类要》	宋赵升	《画禅室随笔》	明董其昌
《容斋随笔》	宋洪迈	《潞水客谈》	明徐贞明

---

① 庐 底本作"庵",据《中国古籍总目·丛书部》(P.854)改。
② 基 底本作"荃",据《中国古籍总目·丛书部》(P.855)改。

第五章 中国小说之整理与研究

《碧血录》	明黄煜	《石渠随笔》	清阮元
《责备余谈》	明方鹏	《东城杂记①》	清厉鹗
《天香阁随笔》	明李介立	《蒿庵闲话》	清张尔岐
《松窗百说》	宋李季可	《宋艳》	清徐士銮
《睽车志》	宋郭彖	《熙朝新语》	清徐锡麟
《西溪丛语》	宋姚宽	《志异续编》	清青城子
《广卓异记》	宋乐史	《胜饮编②》	清郎廷极
《鹤林玉露》	宋罗大经	《南皋笔记》	清杨凤辉
《东坡志林》	宋苏轼	《客窗闲话》	清吴芗厈
《过庭录》	宋范公偁	《北东园笔录》	清梁恭辰
《西京杂记》	晋葛洪	《宣室志》	唐张读
《杜阳杂编》	唐苏鹗	《玉泉子》	唐佚名
《太平广记》	宋李昉	《异闻总录》	宋佚名
《龙川别志》	宋苏辙	《蒙斋笔谈》	宋郑景望
《侯鲭录》	宋赵德麟	《南烬纪闻》	宋黄冀之
《云麓漫钞》	宋赵彦卫	《桯史》	宋岳珂
《冷斋夜话》	宋释惠洪	《随隐③漫录》	宋陈世崇
《搜采异闻录》	宋永亨	《客杭日记》	元郭畀④
《山居新话》	元杨瑀	《海外纪事》	清大汕（厂翁）
《澳门纪略》	清印光任、张汝霖	《宋琐语》	清郝懿行⑤
《东观奏记》	唐裴⑥庭裕	《儒林公议》	宋田况⑦
《石林燕语》	宋叶梦得	《宋遗民录》	明程敏政
《庆元党禁》	宋樵叟	《酒令丛钞》	清俞敦培

---

① 记　底本作"志"，据《中国古籍总目·丛书部》(P.855)改。
② 编　底本作"篇"，据《中国古籍总目·丛书部》(P.855)改。
③ 隐　底本作"影"，据《中国古籍总目·丛书部》(P.856)改。
④ 畀　底本作"升"，据《中国古籍总目·丛书部》(P.856)改。
⑤ 清郝懿行　底本作"佚名"，据《中国古籍总目·丛书部》(P.856)改。
⑥ 裴　底本作"斐"，据《中国古籍总目·丛书部》(P.856)改。
⑦ 田况　底本作"佚名"，据《中国古籍总目·丛书部》(P.856)改。

小说䜯要

《窃愤录》	宋辛弃①疾	《黄孝子寻亲纪程》	清黄向坚
《中吴纪闻》	宋龚明之	《黄山领要录》	清汪洪度
《高丽图经》	宋徐兢②	《三借庐笔谈》	清邹弢
《野客丛书》	宋王楙	《荟蕞编》	清俞樾
《因话录》	唐赵璘	《香乘》	明周嘉胄
《归田录》	宋欧阳修	《京尘杂录》	清蕊珠旧史
《曲洧旧闻》	宋朱弁	《康③輶纪行》	清姚莹
《江邻几杂志》	宋江休复	《虎口余生记》	明边大绶
《愧郯录》	宋岳珂	《大云山房杂记》	清恽敬
《古刻丛钞》	明陶宗仪	《识余》	明④惠康野叟
《能改斋漫录》	宋吴曾	《意林》	唐马总
《澹⑤堂藏书约》	明祁承㸁	《玉音问答》	宋胡铨
《洞霄图志》	元孟宗宝、邓牧	《中兴御侮录》	宋无名氏
《浦阳人物记》	明宋濂	《古今纪要逸编》	宋黄震
《玉芝堂谈荟》	明徐应秋	《宜州家乘》	宋黄庭坚
《古欢堂集》	清田雯	《宋季三朝政要》	宋无名氏
《今世说》	清王晫	《九国志》	宋路振
《粤西丛载》	清汪森	《遂昌杂录》	元郑元祐
《聊斋志异拾遗》	清蒲松龄	《前徽录》	清姚世锡
《謏闻续笔》	明遗民	《钓矶立谈》	南唐钓矶闲⑥客
《七颂堂识小录》	清刘体仁	《耕禄⑦藁》	宋胡锜⑧

① 弃　底本作"叶",据《中国古籍总目·丛书部》(P.856)改。
② 兢　底本作"竞",据《中国古籍总目·丛书部》(P.856)改。
③ 輶　底本作"唐",据《中国古籍总目·丛书部》(P.856)改。
④ 明　底本脱,据《中国古籍总目·丛书部》(P.856)补。
⑤ 生　底本作"玉",据《中国古籍总目·丛书部》(P.857)改。
⑥ 闲　底本作"闻",据《中国古籍总目·丛书部》(P.856)改。
⑦ 禄　底本作"录",据《中国古籍总目·丛书部》(P.856)改。
⑧ 胡锜　底本作"吴琦",据《中国古籍总目·丛书部》(P.856)改。

《妙香室丛话》	清张培仁	《东轩笔录》	宋魏泰
《西洋朝贡》	清陈鼎①	《临汉隐居诗话》	宋魏泰
《字触》	清周亮工	《吴船录》	宋范成大
《蜀都碎事》	清陈祥裔	《画墁集》	宋张舜民
《三吴②游览志》	清余怀	《补汉兵志》	宋钱文子
《苦瓜和尚画语录》	清释道济	《襄阳守城录》	宋赵万年
《蝶阶外史》	佚名	《霞外麈谈》	明周应治

第二节 小说之分类

班固《汉书·艺文志》以九流十家隶属于《诸子略》，而称"可观者九家"，原以小说是卑不足道的一科，无类可归，遂附于诸子之后。《隋书·经籍志》沿班志之旧，列小说于"子部"；《旧唐书·经籍志》同，但将《隋志》入于杂家的张华《博物志》，并入于小说一类中。《新唐书·艺文志》虽将小说类中的书目增加，但所加的均是杂书；《宋史》亦同。至明代胡应麟《少室山房笔丛》中始将小说加以分类：

一曰志怪：《搜神》《述异》《宣室》《酉阳》之类是也；

一曰传奇：《飞燕》《太真》《崔莺》《霍玉》之类是也；

---

① 《西洋朝贡》即《西洋朝贡典录》，明黄省曾撰；后附《滇黔土司婚礼记》一卷，清陈鼎撰。据《中国古籍总目·丛书部》（P.857）注。

② 吴 底本作"英"，据《中国古籍总目·丛书部》（P.857）改。

一曰杂录：《世说》《语林》《琐言》《因话》之类是也；

一曰丛谈：《容斋》《梦溪》《东谷》《道山》之类是也；

一曰辩订：《鼠璞》《鸡肋》《资暇》《辩疑》之类是也；

一曰箴规：《家训》《世范》《劝善》《省心》之类是也。

到纪昀主持的《四库全书总目提要》完成之后，他在小说类的小记中，有一段短文，并将小说划分为三大类："迹其流别，凡有三派：其一，叙述杂事；其一，记录异闻；其一，缀缉琐语也。唐宋而后，作者弥繁，中间诬谩失真，妖妄荧听者，固为不少；然寓劝[①]戒，广见闻，资考证者，亦错出其中。"胡应麟的分类法，箴规、志怪、辩订以内容分，传奇、杂录、丛谈以体制分；纪昀的分类法，杂事、异闻以内容分，琐语以体制分。他们对于小说分类之所以如此庞杂，其原因乃是由于对于"小说"涵义的没有确定，如家训本为箴规之书，加入小说之中，便有无类可归之苦。鲁迅《中国小说史略》将中国小说作如下之分类：

①鬼神志怪　②传奇　③话本　④神魔　⑤人情　⑥讽刺　⑦才学　⑧狭邪　⑨侠义及公案　⑩谴责

[①] 劝　底本作"观"，据《四库全书总目汇订》（P.4362）改。

周氏以写述小说源流为目的，此种分类，自是为说述小说源流的方便而分，其中"传奇""话本"已成为小说史上的特定名词，亦有其独特的体裁，故周氏的分类法，实可分为两大类：

（甲）以小说的体裁分，可以有笔记、传奇、平话、章回四种。

（乙）以小说的内容分，可以有神怪、言情、侠义、神魔、人情、讽刺、狭邪、才学、谴责九种。

汉代以前的所谓小说，其内容不外乎神话与传说。如《山海经·西山经》中所载："玉山，是西王母所居也。西王母其状如人，豹尾虎齿而善啸，蓬发戴胜，是司天之厉及五残。"其体裁简短而条述，并不有意为小说，不过班氏就子书中选了几部来充数的。故魏晋的神怪小说采用笔记的形式，其来源本有所自。小说的分类，当自晋代说起。

（一）笔记 所谓笔记，当初是用最简单最原始的形式来写述故事的，其后文人相沿成习，于是成为小说形式上的一种专称。如魏文帝的《列异传》、晋干宝的《搜神记》、宋徐铉的《稽神录》、清纪昀的《阅微草堂笔记》等等。纪昀的《阅微草堂笔记》

自序①云："缅昔作者，如王仲任、应仲远，引经据古，博辨宏通；陶渊明、刘敬叔、刘义庆，简谈数言，自然妙远。诚不敢妄拟前修，然大旨期不乖于风教。"这种说法，无异为笔记小说下了一个定义，"简谈数言，自然妙远"，即是作笔记小说者的圭臬。蒲松龄以神怪作题材，用"传奇"的体制来写小说，也不免为笔记小说的形式论者所指斥。盛时彦《姑妄听之跋》中述纪昀对《聊斋志异》的批评道："《聊斋志异》盛行一时，然才子之笔，非著书者之笔也。虞初以下，干②宝以上，古书多佚矣，其可见完帙者，刘敬叔《异苑》，陶潜《续搜神记》，小说类也；《飞燕外传》《会真记》，传记类也。《太平广记》事以类聚，故可并收。今一书而兼二体，所未解也。小说既述见闻，即属叙事，不比戏场关目，随意装点……今燕昵之词，媟狎之态，细微曲折，摹绘如生，使出自言，似无此理；使出作者代言，则何从闻见之，又所未解也。"纪昀此言，替笔记小说提出了两条纲目，一是如《异苑》《搜神》之简，一是只作客观的叙事，不为深腻的描写。其实，笔记小说在晋代，原本是小说的雏形，唐代传奇，正是小说的进化。中国文人，向有拟古的习俗，拘守成法，不特小说如此。因此在小说史中，笔记小说的特殊的体式，便独成一格。后来文人，仍

---

① 以下引文出自《阅微草堂笔记·姑妄听之》自序，据《阅微草堂笔记会校会注会评》（P.745）注。

② 干 底本作"天"，据《阅微草堂笔记会校会注会评》（P.948）改。

第五章 中国小说之整理与研究

旧仿作,自晋迄清,源流不绝。

(二)传奇 "传奇"本为书名,后来沿为小说形式上的一个特定名称。唐裴铏有《传奇》三卷,《唐志》《宋志》均有著录。胡应麟《少室山房笔丛》称:"裴,晚唐人,高骈幕客,以骈好神仙,故撰此以惑之。"又云:"传奇之名,不知起自何代。陶宗仪谓唐为传奇,宋为戏诨,元为杂剧。非也。唐所谓'传奇',自是小说书名,裴铏所撰。"胡氏说错了,陶宗仪《辍耕录》所称之"传奇",系指当时通行的指唐代小说那种体裁的"传奇",而胡氏与后世戏曲的称为"传奇"者混为一谈,所以他只承认"传奇"在唐代只是裴铏所著的书名。同时,胡应麟在《庄岳委谈》中又称:"范文正记岳阳楼,宋人讥曰①'传奇体'。"这里②所谓"传奇",实在是指唐人小说的一种体裁而言的。

唐人传奇小说,实在是晋代笔记小说的进化,在形式上较前期的小说更为完整。胡应麟说:"变异之谈,盛于六朝,然多是传录舛讹,未必尽幻设语,至唐人乃作意好奇,假小说以寄笔端。"鲁迅云:"传奇者流,源盖出于③志怪,然施之藻绘,扩其波澜,故所成就乃特异,其间虽亦或托讽喻以纾牢愁,谈祸福以寓惩劝,而大归则究在文采与意想,与昔之传鬼神明因果而外无他意者,

---

① 曰 底本作"为",据《少室山房笔丛》(P.424)改。
② 里 底本作"是",据文意改。
③ 于 底本作"之",据《中国小说史略》(P.73)改。

甚异其趣矣。"传奇较笔记进步的地方，是由记叙进而为描写，由故事的平面而及于故事的具体，内容也由于神怪的记述而进于人情的描绘。

（三）平话　平话盛于宋。陶宗仪《辍耕录》云："唐有传奇，宋有戏曲、唱①诨、词说。"所谓"唱①诨""词说"即是说书。孟元老《东京梦华录》称北宋汴京说书有讲史、说诨话、说三分、五代史等目。话本，乃是说话人的底本。孙楷第《中国通俗小说书目序》云："若乃通俗小说，远出唐代之俗讲②，近出宋人之说话。其初不过僧俗演说，附会佛经及世间故事，写梵呗之音以及俗部③新声，卖券喻众，有类俳优。虽有话本传录，其意义即不同于文人著作，其不足为当时人所重视也宜矣。然宋元书会中人，本长词翰；瓦舍技艺，亦尽有魁杰；且其曲喻近指，谈言微中，固已有当于学士之心。遂有好事之人，为之润色增益，去其繁复咏叹④之音，而博之以趣味，裁之以篇章，别行刊布⑤，即为通俗小说之滥觞矣。而书本易行，习俗所嗜，尤胜书史，麻沙书坊，桃源主人，有鉴于此，遂亦私行编次，刊印流传，朝烦剞劂，暮行市里。"故得胜回头之后，即有"话说"等词，后面亦有"欲

---

① 唱　底本脱，据《南村辍耕录》（P.306）补。
② 讲　底本作"称"，据《说书小史》（P.20）转引改。
③ 部　底本作"鄙"，据《说书小史》（P.20）转引改。
④ 叹　底本作"欢"，据《说书小史》（P.21）转引改。
⑤ 布　底本作"印"，据《说书小史》（P.21）转引改。

知后事如何，却听下回分解"等语，纯系记录当时口语，所用亦多为口头语言。但宋代平话，除讲史外，以短篇为多，如《京本通俗小说》及"三言"中所录。而起首则以闲话或他事引入正文，如《碾玉观音》开端先举《春词》十余首。其形式上承唐代传奇，开后世章回小说之先河。

（四）章回小说　章回小说，在形式上是长篇钜制，而承话本之旧，仍以说话上的口头语插入文字，并且分成回目。将这一章中故事的重心，缩成相对的两联，冠于篇首。《三国演义》结尾中之"丁原仗义身先丧，袁绍争锋①势又危。毕竟袁绍性命如何，且听下回分解"，又如《水浒传》中之"有分教：大江岸上，聚集好汉英雄；闹市丛中，来显忠肝义胆。毕竟宋公明在庄上怎地脱身，且听下回分解"，加以两句诗句，每回结尾且千篇一律地以"欲知……如何，且听下回分解"作结。这种均沿话本旧例，虽则已不用于说书，但在写作上已成为惯例了。

以上四种，笔记与传奇是一个系统，它是纯粹写述的小说；这一类的极诣，是求想象之美，文字之丽，而多为短篇。话本与章回是一个系统，它是口头说话的记录，求故事的动听，文字的藻饰尚在其次，短篇之外，尚有长篇分回讲述，但是，由单纯到复杂，由简短到漫长，由叙述到描写，两者并无二致。至内容上

---

① 锋　底本作"纷"，据《三国演义》（P.30）改。

的分类，全由于作者写述时的动机而异，晋代虽以神怪为主，但亦有涉及人情和恋爱的故事，唐代传奇之中，除恋爱、侠义、神怪之类，亦有讽刺与谴责，而其布文摛藻，开后世卖弄才学之章回小说之源。宋人讲史，全述史料，流为后世历史小说。其中交互的源流，是不难寻求的。

近人对于小说之分类，大抵系以研究小说史的眼光来分析的。例如孙楷第氏于民国二十一年出版《日本东京、大连图书馆①所见中国小说书目提要》一书，计六卷，分宋元部、明清部一（短篇）、明清部二（长篇：讲史）、明清部三（长篇：烟粉、灵怪）、明清部四（长篇：公案、劝戒、丛书）、附录（传奇、通俗类书、子部小说）诸目。又在民国二十二年出版《中国通俗小说书目》十二卷，分宋元部（讲史、小说）、明清小说部甲（平话）、明清小说部乙（烟粉、灵怪、公案、讽世）、明清讲史部、存疑目、丛书目、西译小说简目、补遗及书名人名索引诸目。阿英《晚清小说史》，依小说之作用分类如下：

（1）晚清社会概观——如李伯元《官场现形记》、吴趼人《二十年目睹之怪现状》、刘鹗《老残游记》、曾朴《孽海花》等。

（2）庚子拳变的反映——如吴趼人《恨海》、林琴南《京华碧血录》、黄小配《宦海升沉录》等。

---

① 书馆　底本脱，据《中国通俗小说书目（外二种）》（目录）补。

（3）反华工禁约运动——如吴趼人《劫余灰》等。

（4）工商业战争与反买办阶级——如姬文《市声》、亚东破佛《双灵魂》等。

（5）立宪运动两面观——如梁启超《新中国未来记》、佚名《康梁演义》等。

（6）种族革命运动——如冷情①女史《洗②耻记》、陈星台《狮子吼》等。

（7）妇女解放问题——如思绮③斋《女子权》、王妙如《红闺泪》等。

（8）反迷信运动——如静观子《还魂草》、遁庐《当头棒》等。

（9）官场生活的暴露——如李伯元《官场现形记》、黄小配《宦海升沉录》等。

（10）讲史与公案——如吴趼人《两晋演义》、卓书《望帝魂》等。

（11）晚清小说之末流：

A 冶游——如李伯元《海天鸿雪记》、漱六山房《九尾龟》等。

B 写情——如吴趼人《劫余灰》、天虚我生《泪珠缘》等。

C 拟旧小说——如煮梦《新西游记》、吴趼人《新石头记》等。

D 教育——如佚名《苦学生》、吴趼人《学界镜》等。

---

① 情 底本作"清"，据《晚清小说史》（目录P.2）改。
② 洗 底本作"说"，据《晚清小说史》（目录P.2）改。
③ 绮 底本作"法"，据《晚清小说史》（目录P.2）改。

E 科学——如吴敬恒《上下古今谈》、何迵《狮子血》等。

此种分类法，实为将一时代小说作分析研究时的手段，不能作为中国小说分类的标准。姑附录于此，以供参考。

我国对于书籍目录的记载全凭史乘，而中国史家自汉迄清，对于小说都是以为"小道"，而且于它的涵义也不甚清楚，所以都是略而不详，因此对于小说的分类更不加研究了。

第三节　小说之批评

我国古来对于小说之见解，既为"合丛残小语"，故对于小说，甚少批评，有之，则大抵校以史事，斥其失实。因古名"小说"，亦称"稗史"，既以"史"名，自常校以史事。大抵评小说者，多所垢斥，鲜有赞扬，如讥《水浒传》为诲盗，《红楼梦》为诲淫。《续文献通考》云：

> 《水浒传》叙宋江事，奸盗脱骗机械甚详，然变诈百端，坏人心术，说者谓子孙三代皆哑，天道之好还如此。

《西湖游览志余》亦同其说。又《劝戒四录》评《红楼梦》云：

《红楼梦》一书，诲淫之甚者也……摹写柔情，婉娈①万状，启人淫窦，导人邪机……此书全部中无一人是真的，惟属笔之曹雪芹实有其人，然以老贡生槁死牖下，徒抱伯道之嗟，身后萧条，更无人稍为矜恤，则未必非编造淫书之显报矣。

又《丙辰札记》评《三国演义》：

凡演②义之书，如《列国志》《东、西汉》《说唐》及《南、北宋》，多纪实事；《西游记》《金瓶梅》之类，全凭虚构，皆无伤也。唯《三国演义》则七分实事，三分虚构，以致观者往往为所惑乱，如桃园等事，学③士大夫直④作故事用⑤矣。故演义之属，虽无当于著述之伦，然流俗耳目渐染，实有益于劝惩，但须实则概从其实，虚则明著寓言，不可错杂如《三国》之淆人耳。

此种批评，实足以代表中国文士对于小说之一般看法。至《小说

---

① 娈 底本作"恋"，据《北东园笔录》(P.347)改。
② 演 底本作"衍"，据《丙辰札记》(P.90)改。下文径改。
③ 学 底本脱，据《丙辰札记》(P.90)补。
④ 直 底本作"有"，据《丙辰札记》(P.90)改。
⑤ 用 底本作"者"，据《丙辰札记》(P.90)改。

小话》中则承认小说影响于社会之效果甚大，而尤以《三国》为最，其言曰：

> 小说感应社会之效果，殆莫过于《三国演义》一书矣。异姓联①昆弟之好，辄曰"桃园"；帷幄俊运用②之才，动言"诸葛"。此犹影响之小者也。太宗之去袁崇焕，即公③瑾赚蒋干之故智。海兰察目不知书，而所向无敌，动合兵法，而自言得力于绎④本《三国演义》。左良玉之举兵南下，则柳麻子援衣带诏故事怂恿成之也。李定国与孙可望同为张献忠义子，其初脍肝越货，所过皆屠戮，与可望无⑤殊焉，说书人金光以《三国演义》中诸葛、关、张之忠义相激动，遂幡⑥然束身归明，尽忠永历，力与可望抗，又累建殊勋，使兴朝连殒名王，屡摧劲旅，日落虞渊，鲁戈独奋，为明代三⑦百年功臣之殿，即与瞿、何二公鼎峙，亦无愧色，不可谓非《演义》之力焉。张献忠、李自成及近世张格尔、洪秀全等初起，众皆乌合，羌无纪律，其后攻城略地，伏险设防，渐有机智，遂成滔天巨

---

① 联　底本脱，据《历代小说话》（P.1490）补。
② 用　底本脱，据《历代小说话》（P.1490）补。
③ 公　底本脱，据《历代小说话》（P.1490）补。
④ 绎　底本作"译"，据《历代小说话》（P.1490）改。
⑤ 无　底本脱，据《历代小说话》（P.1490）补。
⑥ 幡　底本作"燔"，据《历代小说话》（P.1490）改。
⑦ 三　底本脱，据《历代小说话》（P.1490）补。

寇，闻其皆以《三国演义》中战案为玉帐唯一之秘本……小说之力，有什伯千万于《春秋》之所谓华衮斧钺者，岂不异哉？

实则注意于小说之价值，在明代已开始。明代小品文作者袁宏道、钟伯敬、谭友夏、李卓吾、金圣叹等，已推崇《水浒传》。徐世昌《晚晴簃诗话》：

> 明季钟伯敬、谭友夏诸人，评泊诗文，喜为纤仄诙诡之语，庸耳俗目，为之倾眩。圣叹扩而广之，上攀经史，下甄传奇小说，皆以己意评泊，数百年流传不绝。阳五伴侣，世以为贤，殆其类欤。

又周晖《金陵琐事》亦云：

> 李卓吾，闽人，在刑部时已好为奇论，尚未甚怪僻。尝云："宇宙内有五大部文章，汉有司马子长《史记》，唐有《杜子美集》，宋有《苏子瞻集》，元有施耐庵《水浒传》，明有《李献吉集》。"

此即异日才子书所本。百回本《忠义水浒传》有李卓吾序及批点，又一百二十回本《忠义水浒全书》有楚人杨定见序，自云事李卓吾，因袁无涯之请而刻此传。袁宏道亦曾评《两汉演义传》(见鲁迅《小说史略》)。此时又有叶文通亦评小说，俞樾《茶香室续钞》引周亮工《书影》云：

> 叶文通，名昼，无锡人，多读书，有才情……故为诡异之行……或自称锦翁，或称叶五叶，或[①]称叶不夜，最后名梁无知，谓梁溪无人知之也。当温陵（李卓吾）《焚、藏书》盛行时，坊间种种借温陵之名以行者，如[②]《四书第一评、第二评》，《水浒传》《琵琶》《拜月》诸评，皆出文通手。

至金圣叹而有六才子书之评。廖燕《圣叹传》称："所评《离骚》、《南华[③]》、《史记》、杜诗、《西厢》、《水浒》，以次序定为六才子书，俱别出手眼。"《辛丑纪闻》亦云："圣叹以世间有六才子书：《离骚》、《庄子》、《史记》、杜工部诗、《水浒传》、《西厢记》。"金圣叹批评《水浒传》云：

> 天下之文章，无有出《水浒》右者；天下之格物君子，无有出施耐庵先生右者。

---

① 或　底本脱，据《茶香室丛钞》（P.735）补。
② 如　底本脱，据《茶香室丛钞》（P.735）补。
③ 华　底本作"笔"，据《水浒传资料汇编》（P.361）改。

第五章 中国小说之整理与研究

又云：

> 夫古人之才，世不相沿，人不相及。庄周有庄周之才，屈平有屈平之才……降而至于①施耐庵有施耐庵之才，董解元有董解元之才。

他底评点小说，虽有迂腐之气，但其影响于后代，使后代人对小说加以注意，此功亦不可没。如他在《水浒传》第二回评中说："孔子云'诗可以兴'，吾于稗官亦云矣②。"此种见解，在当时自足以震惊儒林。但受其影响的士人，亦复不少。昭梿《啸亭续录》："自金圣叹好批小说，以为③其文法毕具，逼肖④龙门，故世⑤之续编者，汗牛充栋，牛鬼蛇神，至士大夫家几上，无不陈《水浒传》《金瓶梅》以为把玩。"《归田琐记》亦云："今人鲜不阅《三国演义》《西厢记》《水浒传》⑥，即无不知有金圣叹其人⑦者。"

有清一代，文人承沿旧尚，于金圣叹之评点小说，以为有诲

---

① 于　底本脱，据《第五才子书施耐庵水浒传》（P.15）补。
② 矣　底本作"然"，据《第五才子书施耐庵水浒传》（P.86）改。
③ 为　底本脱，据《啸亭杂录》（P.427）补。
④ 肖　底本作"近"，据《啸亭杂录》（P.427）改。
⑤ 世　底本作"后来"，据《啸亭杂录》（P.427）改。
⑥ 《水浒传》　底本脱，据《归田琐记》（P.134）补。
⑦ 其人　底本脱，据《归田琐记》（P.134）补。

盗、诲淫之报，故偶尔创作，不复批评；即在笔记、诗话中偶有述及者，亦多迂拘之谈；间或考订琐事，为之佐证，但亦偶涉一书，不能作有系统之见地。及至民国新文化运动起来以后，方注意于旧小说之评价，而致力于考证作者、分析思想、研讨源流，胡适等多短篇考证文字，蒋瑞藻《小说考证》则搜集旧说，以作史料。至鲁迅《中国小说史略》始作一有系统之整理，但重在作史叙述，不以批评为主。

第四节　小说之考证与史料之整理

对于中国古代小说考证的工作，虽零星见于前人笔记，但是自新文化运动成熟以后，才发扬起来。从这时期起，中国文人对于小说的观念有所改变，于是开始研究它们。关于考证工作，一是对于作者生平的研究，二是对于这小说故事本身的研究，三是对于这小说及作者的时代社会之研究，四是对于此书版本的研究。前四者几乎每部旧小说名著各有专文。除此之外，尚有研究其文字的技巧的，但在其他论文文字中，偶尔引到。下面拟就这四方面的考证约略举例申述。

（甲）小说作者生平之考证

自有传说以迄清季，小说被认为"小道"与"小家说"，故从事写作的人，不肯标举真的姓名而署以别号，或假托另一人名。

如《红楼梦》中述及此故事之来源，即假托以荒渺虚有之说，如开篇说女娲补天，有一石未用，有道人携之而去，更历数劫。有空空道人见石上有文字，乃从石之请，钞以问世：

后因曹雪芹于悼红轩中披阅十载，增删五次，纂成目录，分出章回，则题曰《金陵十二钗》。

关于作者生平之考证，如《红楼梦》作者曹雪芹，《水浒传》作者施耐庵，前者已略得知其身世，后者知其为假托之名。又如《儒林外史》，原题的"文木老人"所作。《松风阁笔乘》中说："《儒林外史》原不著作者姓名，一说谓系全椒吴敏轩征①君敬梓所著②。"《茶香室续钞》则记之较详：

国朝叶名澧《桥西杂③记》云：坊间所刊《儒林外史》五十卷，全椒④吴敬梓所著也。字敏轩，一字文木⑤，乾隆间人。尝以博学鸿词荐，不赴。袭父祖业，甚富，素不习⑥治

---

① 征　底本脱，据《儒林外史研究资料集成》(P.359)补。
② 著　底本作"作"，据《儒林外史研究资料集成》(P.359)改。
③ 杂　底本作"雅"，据《儒林外史研究资料集成》(P.70)改。
④ 椒　底本作"俶"，据《儒林外史研究资料集成》(P.70)改。
⑤ 木　底本作"本"，据《儒林外史研究资料集成》(P.70)改。
⑥ 习　底本脱，据《儒林外史研究资料集成》(P.70)补。

生，性复豪上，不数年而产尽，醉中辄诵樊川"人生直合扬州死"之句，后竟如所言。程鱼门吏部为作传。按嘉兴李富孙《鹤征后录》载不就试者二十五人，无吴敬梓，惟①有吴檠字青然，全椒人，乃与试而未用者，恐非其人也。

胡适曾著《吴敬梓年谱》，知他生于康熙四十年②辛巳（一七〇一），卒于乾隆十九年甲戌十月十四日（一七五四），年五十四岁。这是关于吴氏生平最详细的考证。读其书，知其人，这种工作，对于研究《儒林外史》的读者们，自然是很有用的。

（乙）对于小说故事本身的研究

小说故事的来源大抵不外乎三种。一是将传说的故事加以放大，如《水浒传》之本于《宣和遗事》，《西游记》之本于《大唐三藏取经诗话》；一是影射当时人物，须索引而得，如《儒林外史》中所记的人物；一是作者自己生平之写照，如《红楼梦》。例如胡适的《〈水浒传〉考证》：

> 《水浒传》不是青天白日从半空中掉下来的，乃是从南宋初年（西历十二世纪初年）到明朝中叶（十五世纪末年）这四百年的"梁山泊故事"的结晶。

---

① 惟　底本作"复"，据《儒林外史研究资料集成》（P.70）改。
② 年　底本脱，据文意补。

第五章 中国小说之整理与研究

他引《宋史》二十二、三百五十一、三百五十三[①]，证明宋江为历史上真实的人物；再举周密《癸辛杂识续集》上引龚圣与作《宋江三十六人赞序》，证明南宋民间已流行"宋江故事"；再举《宣和遗事》六条，以证明民间所流行的故事的雏形；其次再举元曲中十九则《水浒传》上的故事，到了元朝，已由三十六人而变为"三十六大夥，七十二小夥"。由上面的几种，到了明朝，便有署名罗贯中所编的《水浒传》。

又如《红楼梦》一书，研究其故事者甚多，大约不外乎下列诸说：

（A）董小宛说　王梦阮《红楼梦索隐提要》，以为《红楼梦》乃是为清世祖与董鄂妃（小宛）而作。秦淮名妓董小宛，本为名士冒辟疆妾，后为清兵所劫入宫，为清世祖的贵妃。后董妃夭死，清世祖遂悲愤入五台山为僧。以贾宝玉射世祖，以林黛玉射小宛。

（B）政治小说说　蔡元培《石头记索隐》以为此书乃是吊明之亡，揭清之失，而尤于汉族名士仕清者寓痛惜之意。书中女子指汉人，男子指满人。贾宝玉指康熙被废太子胤礽，林黛玉影朱竹垞，史湘云指陈其年……

（C）纳兰性德说　陈康祺《郎潜纪闻二笔》及俞樾《小浮梅

---

① 三　底本作"二"，据《中国旧小说考证》（P.23）及《宋史》（P.11141）改。

闲话》均谓影康熙时宰相明珠子①（即纳兰成德，有《饮水词》）。

（D）作者本人之生平说　胡适说。他引《随园诗话》云："其子雪芹撰《红楼梦》一书，备记风月繁华之盛。中有所谓大观园者，即余之随园也。"又据雪芹世系及书中序语，断定这全系作者自己生平的写照。他的结论是：

> 《红楼梦》一书是曹雪芹破产倾家之后，在贫困中做的。做书的年代约当乾隆初年到乾隆三十年左右。书未完而死……这是一部隐去真事的自叙：里面甄、贾两宝玉，即是曹雪芹自己的化身；甄、贾两府，即是当日曹家的影子。

他又据《小浮梅闲话》中的："《船山诗草》有《赠高兰墅鹗同年》一首云：'艳情人自说《红楼》。'注云：'《红楼梦》八十回以后俱兰墅所补。'然则此书非出一手。按乡②会试增五言八韵诗③，始乾隆朝，而书中叙科场事已有诗，则其为高君所补，可证矣。"又在《进士题名录》中查到高鹗是镶黄旗汉军人，乾隆六十年乙卯进士，殿试第三甲第一名。

---

① 宰相明珠子　底本作"宰相子明珠"，据史实改。
② 乡　底本脱，据《中国旧小说考证》（P.301）补。
③ 韵诗　底本作"部时"，据《中国旧小说考证》（P.301）改。

第五章 中国小说之整理与研究

（丙①）对于小说的时代社会的研究

以小说研究社会历史之说，始于梁启超。以为作者既在现实生活中生活，则其所写的，即无意中表达了当时的时代社会。日人有《从〈金瓶梅〉中看中国社会》一书，其言多妄测之谈，不足为据。近人萨孟武作《〈水浒传〉与中国社会》，颇有卓见，例如由《水浒传》见到这一阶级的经济生活：

> "有福同享，有苦同受"是他们的口号，"大秤分鱼肉，小秤分珠宝"是他们的生活。这种口号和生活……可以称为共产主义。②不过他们的共产主义又和现代共产主义不同，即不是生产上的共产主义，而只是消费上的共产主义。③在古代，不但④流氓团体只能实行消费上的共产主义，便是学者也只能主张⑤消费上的⑥共产主义，这不是因为他们的思想幼稚，而⑦是因为当时经济条件只能产生这种⑧幼稚的共产主

---

① 丙　底本作"三"，据文意改。
② 《〈水浒传〉与中国社会》此句原作："由这口号与生活观之……他们团体关于经济方面，常接近于共产主义。"据《〈水浒传〉与中国社会》（P.7、8）注。
③ 《〈水浒传〉与中国社会》此句原作："不过他们的共产主义不是生产上的共产主义，而是消费上的共产主义。"据《〈水浒传〉与中国社会》（P.8）注。
④ 不但　底本作"每组"，据《〈水浒传〉与中国社会》（P.8）改。
⑤ 主张　底本作"提倡"，据《〈水浒传〉与中国社会》（P.8）改。
⑥ 上的　底本脱，据《〈水浒传〉与中国社会》（P.8）补。
⑦ 而　底本作"的"，据《〈水浒传〉与中国社会》（P.8）改。
⑧ 种　底本脱，据《〈水浒传〉与中国社会》（P.8）补。

义……他们的生活既然不依靠他们自己的生产,所以"仗义疏财"及"劫富济贫"遂成为他们的最高道德。

又在杀猪的郑屠何以能在延安府称霸一段中,述说中国社会之高利贷生活:

……在小农制度之下,技术既然无法改良,其结果,农民单单耕田,就不能维持一家的生计,而须经营种种副业,终则健壮的男人均出外做工,土地的耕种则一委于老弱的妇女。农业渐次离开商品生产的领域,而变为家计的一部……在这种情形之下,农民的生活当然困苦,万一岁歉[①]不收,则一家生计就无法维持,只有向财主借债……所以农民愈见贫穷……到这时,中国经济神的牛郎织[②]女,便失去[③]权威,代此出来[④]支配中国的,则为代表高利贷的财神。

(丁[⑤]) 对于小说版本之考证

对于小说的本子,颇有研究的价值,如《红楼梦》八十回

---

① 歉　底本作"稻",据《〈水浒传〉与中国社会》(P.27)改。
② 织　底本作"牵",据《〈水浒传〉与中国社会》(P.27)改。
③ 失去　底本作"来使",据《〈水浒传〉与中国社会》(P.27)改。
④ 代此出来　底本脱,据《〈水浒传〉与中国社会》(P.27)补。
⑤ 丁　底本作"四",据文意改。

以前为曹雪芹作，八十回以后为高鹗所续这一说的发现，解决了《红楼梦》一书前后所以不一致的原因。如香菱的结局，在第五回十二钗副册上所写"自从两地生孤木，致使芳魂还故乡"，原作者之意，她是为金桂磨折死的，但是续作上说金桂死了，香菱扶正。诸如此类的甚多。又如今传《水浒传》与《征四寇》为两书，经考证所得，这两书原是一册。周亮工《书影》云："故老传闻，罗氏为《水浒传》一百回，各以妖异语引其首。嘉靖时郭武定重刻其书，削其致语，独存本传。"鲁迅《中国小说史略》：

> 现存《水浒传》则所知者有六本，而最要者四：
>
> 一曰一百十五回本《忠义水浒传》。前署"东京罗贯中编辑"。明崇祯末与《三国演义》合刻为《英雄谱》。单行本未见。其书始于洪太尉之误走妖魔……宋江服毒而自尽……
>
> 二曰一百回本《忠义水浒传》。前署"钱塘施耐庵的本，罗贯中编次"（《百川书志》六）……与百十五回本同……惟于文辞，乃大①有增删，几乎改观……
>
> 三曰一百二十回本《忠义水浒全书》。亦题"施耐庵集撰，罗贯中纂修"。与李贽序百回本同，首有楚人杨定见序……全书自首至受招安，事略全同百十五回本。

---

① 大　底本脱，据《中国小说史略》（P.148）补。

四曰七十回本《水浒传》。正传七十回，楔子一回，实七十一回。有原序一篇，题"东都施耐庵撰"，为金人瑞字圣叹所传，自云得古本，止七十回，于宋江受天书之后，即以卢俊义梦全伙被缚于张叔夜终，而指招安以下为罗贯中续成，斥曰"恶札"。其书与百二十回本之前七十回无甚异，惟刊去①骈语特多。

足见《水浒传》原本故事自洪太尉上山至宋江死，本为一书，后经金圣叹创制成两部。今之所流行者，即金氏所创制之前半。其如《红楼梦》《西游记》之版本亦甚多，考证文字亦不少。

　　此种考证工作，只是对于中国旧小说的一番整理工夫。因为历来认小说为"小道"，以致作者姓名的考证，也使后人化了许多考订的时间。如《金瓶梅》的作者，至今尚不能确定其为何人。对于此书作者所以作此书的原因，也是众说纷纭，莫衷一是。但是研究之风既盛，穿凿附会之说亦多。如《红楼梦》之论者甚多，一时有"红学"之称，足见其盛了。

　　至于我国小说史料的记述，在古代，大都保存在史书的艺文、经籍志中。私家著述的目②录中也偶尔涉到，如清钱曾《也是园书目》、高儒《百川书志》等书，《小说小话》中亦列作者所见小

---

① 去　底本脱，据《中国小说史略》（P.152）补。
② 目　底本作"同"，据文意改。

说七十六种。至于加以评述者，有明胡应麟的《少室山房笔丛》，《续文献通考》的《经籍考》，《四库全书总目提要》的小说类。专门研究中国小说之文，则于近三十年来，始形发达，兹举其要者附录之以备参考：

《中国小说史略》 鲁迅

《小说旧闻钞》 鲁迅

《小说考证》 蒋瑞藻

《小说考证续编》 前人

《小说考证拾遗》 前人

《小说枝谈》 前人

《中国俗文学史》 郑振铎

《中国小说概论》[①] 盐谷温著 孙俍工译

《中国小说史大纲》 张静庐

《小说丛考》 钱静芳

《中国小说史》 范烟桥

《石头记索隐》 蔡元培

《红楼梦索隐》 沈瓶庵

《红楼梦辨》 俞平伯

---

① 《中国小说概论》 即《中国文学概论讲话》。

《中国小说研究》 胡怀琛

《贾宝玉的出家》 张天翼

《〈水浒传〉与中国社会》 萨孟武

以上系专书。

《谈中国小说》 俞平伯（《小说月报》）

《中国小说的分类及其演化的趋势》 郑振铎（《小说世界》）

《白话小说起源考》 方欣庵（《中山大学语言历史研究所周刊》）

《说部流别》 刘永济（《学衡》）

《日本内阁藏小说戏曲书目》 董康（《国学》）

《巴黎国家图书馆中之中国小说与戏曲》 郑振铎（《小说月报》）

《中国古代神话之研究》 冯承钧（《国闻周报》）

《虞初小说回目考释》 顾颉刚（《语丝》）

《京本通俗小说与清平山堂》 日本长泽规矩也作，东上译

《记全相平话三国志》 盐谷温作 夏云译（《小说世界》）

《旧本三国演义版本的调查》 马廉（《中山大学图书馆报》）

《水浒传的演化》 郑振铎（《小说月报》）

《水浒传新考》 胡适（同上）

《柳翠传说考》 青木正儿作 郑师许译（《小说世界》）

《山海经考证》 陆侃如（《中国文学季刊》）

《水浒传考证》

《水浒传后考》

《吴敬梓传》

《吴敬梓年谱》

《西游记考证》

《三国志演义序》

《镜花缘的引论》

《水浒续集两种序》

《三侠五义序》

《儿女英雄传序》

《老残游记序》

《海上花列传序》

《官场现形记序》

《宋人话本八种序》

《重印乾隆壬子本红楼梦序》

《红楼梦考证》 以上为胡适作，见《胡适文存》

《水浒新叙》 陈独秀

《儒林外史新叙》 前人

《儒林外史新叙》 钱玄同

《西游记新序》 陈独秀

《三国志演义新序》 钱玄同（以上见亚东图书馆印行之各小说）

《宋民间之所谓小说及其后来》 鲁迅（《晨报特刊》）

《水浒后传的作者陈忱》 顾颉刚（《读书杂志》）

《红楼梦的本子问题》 容庚（《北大国学周刊》）

《后三十回的红楼梦》 俞平伯（《小说月报》）

《高作后四十回底批评》 俞平伯（《小说月报》）

《明①冯梦龙的生平及其著述》 容肇祖（《岭南学报》）

至于新文化运动后之文艺理论及小说创作，见于"良友文库"的《史料·索引》，搜集比较详细。因有专集，不再一一列举了。

---

① 明　底本脱，据《容肇祖全集》（P.3915）补。

本次整理征引文献

一、古籍

杨伯峻编注:《春秋左传注》(修订本),中华书局1990年版。

杨伯峻译注:《孟子译注》,中华书局2010年版。

韩婴撰,许维遹校释:《韩诗外传集释》,中华书局1980年版。

司马迁撰,裴骃集解,司马贞索隐,张守节正义:《史记》,中华书局2013年版。

班固撰,颜师古注:《汉书》,中华书局1962年版。

陈寿撰,裴松之注:《三国志》,上海古籍出版社2016年版。

魏徵、令狐德棻:《隋书》,中华书局1973年版。

刘昫等:《旧唐书》,中华书局1975年版。

欧阳修、宋祁:《新唐书》,中华书局1975年版。

脱脱等:《宋史》,中华书局1977年版。

张廷玉等:《明史》,中华书局1974年版。

魏小虎编撰:《四库全书总目汇订》,上海古籍出版社2012年版。

中国古籍总目编纂委员会编:《中国古籍总目·丛书部》,上海古籍出版社2009年版。

郝懿行撰,沈海波点校:《山海经笺疏》,上海古籍出版社2019年版。

王先谦撰:《庄子集解》,中华书局1987年版。

陈鼓应注译:《庄子今注今译》,中华书局2009年版。

王明:《抱朴子内篇校释》,中华书局1980年版。

王叔岷:《列仙传校笺》,中华书局2007年版。

韩非著,陈奇猷校注:《韩非子新校注》,上海古籍出版社2000年版。

杨伯峻:《列子集释》,中华书局1979年版。

何宁:《淮南子集释》,中华书局1998年版。

桓谭撰,朱谦之校辑:《新辑本桓谭新论》,中华书局2009年版。

欧阳询撰,汪绍楹校:《艺文类聚》,上海古籍出版社1982年版。

蒋一葵:《尧山堂外纪》,万历三十四年(1606)刻本。

王贻梁、陈建敏选:《穆天子传汇校集释》,华东师范大学出版社1994年版。

刘向撰，向宗鲁校证:《说苑校证》，中华书局1987年版。

干宝:《搜神记》，中华书局1979年版。

干宝撰，李剑国辑校:《搜神记辑校 搜神后记辑校》，中华书局2019年版。

陶潜撰，汪绍楹校注:《搜神后记》，中华书局1981年版。

刘义庆著，刘孝标注，余嘉锡笺疏:《世说新语笺疏》，中华书局2007年版。

张华撰，范宁校证:《博物志校证》，中华书局2014年版。

王根林、黄益元、曹光甫点校:《汉魏六朝笔记小说大观》，上海古籍出版社1999年版。

李昉等:《太平御览》，中华书局1960年影印本。

李昉等编，张国风会校:《太平广记会校》，北京燕山出版社2011年版。

李剑国:《唐前志怪小说辑释》，上海古籍出版社1986年版。

鲁迅:《古小说钩沉》，《鲁迅全集》第八卷，人民文学出版社1973年版。

鲁迅辑录:《唐宋传奇集》，《鲁迅辑录古籍丛编》第二卷，人民文学出版社1999年版。

汪辟疆校录:《唐人小说》，上海古籍出版社1978年版。

张文成撰，李时人、詹绪左校注:《游仙窟校注》，中华书局2010年版。

裴铏著，周楞伽辑注:《裴铏传奇》，上海古籍出版社 1980 年版。

陈翰编，李小龙校证:《异闻集校证》，中华书局 2019 年版。

范摅撰，唐雯校笺:《云溪友议校笺》，中华书局 2017 年版。

释道世撰，周叔迦、苏晋仁校注:《法苑珠林校注》，中华书局 2003 年版。

黄征、张涌泉校注:《敦煌变文校注》，中华书局 1997 年版。

项楚:《敦煌变文选注》(增订本)，中华书局 2006 年版。

李时人、蔡镜浩校注:《大唐三藏取经诗话校注》，中华书局 1997 年版。

苏轼撰，王松龄点校:《东坡志林》，中华书局 1981 年版。

赵令畤著，傅成校点:《侯鲭录》，《宋元笔记小说大观》，上海古籍出版社 2001 年版。

洪迈撰，何卓点校:《夷坚志》，中华书局 1981 年版。

孟元老等:《东京梦华录（外四种）》，古典文学出版社 1956 年版。

施耐庵著，陆林整理:《第五才子书施耐庵水浒传》,《金圣叹全集》(修订版)，凤凰出版社 2018 年版。

陶宗仪:《南村辍耕录》，中华书局 1959 年版。

瞿佑著，乔光辉校注:《瞿佑全集校注》，浙江古籍出版社 2010 年版。

罗贯中:《三国志通俗演义》,上海古籍出版社1980年版。

罗贯中:《三国演义》,人民文学出版社1979年版。

黎烈文标点:《新编五代史平话》,上海商务印书馆1925年版。

黎烈文标点:《京本通俗小说》,上海商务印书馆1925年版。

洪楩辑,程毅中校注:《清平山堂话本校注》,中华书局2012年版。

无名氏编著,曹济平等点校:《宣和遗事等两种》,江苏古籍出版社1993年版。

程毅中辑注:《宋元小说家话本集》,人民文学出版社2016年版。

冯梦龙:《冯梦龙全集》,凤凰出版社2007年版。

凌濛初原著,石昌渝点校:《拍案惊奇》,江苏古籍出版社1990年版。

凌濛初原著,石昌渝点校:《二刻拍案惊奇》,江苏古籍出版社1990年版。

胡应麟:《少室山房笔丛》,上海书店出版社2015年版。

郎瑛:《七修类稿》,上海书店出版社2001年版。

丁耀亢著,陆合、星月点校:《金瓶梅续书三种》,齐鲁书社1988年版。

蒲松龄著,任笃行辑校:《全校会注集评聊斋志异》,人民文学出版社2016年版。

吴敬梓著，李小龙、张梦笔校注：《儒林外史》，人民教育出版社2018年版。

《程乙本红楼梦》，乾隆五十七年（1792）活字排印本。

曹雪芹：《戚蓼生序本石头记》，人民文学出版社1975年版。

冯其庸主编：《脂砚斋重评石头记汇校》，文化艺术出版社1987年版。

曹雪芹：《红楼梦》，人民文学出版社2008年版。

纪晓岚著，吴波、尹海江、曾绍皇、张伟丽辑校：《阅微草堂笔记会校会注会评》，凤凰出版社2012年版。

袁枚著，赵新德点校：《随园随笔》，《袁枚全集》第五册，江苏古籍出版社1993年版。

章学诚著，冯惠民点校：《丙辰札记》（与《乙卯札记》《知非日札》合刊），中华书局1986年版。

姚元之撰，李解民点校：《竹叶亭杂记》，中华书局1982年版。

梁章钜撰，于亦时点校：《归田琐记》，中华书局1981年版。

昭梿撰，何英芳点校：《啸亭杂录》，中华书局1980年版。

梁绍壬撰，庄葳校点：《两般秋雨盦随笔》，《清代笔记小说大观》，上海古籍出版社2007年版。

梁恭辰：《北东园笔录》，《笔记小说大观》第二十九册，江苏广陵古籍刻印社 1983 年版。

俞樾撰，贞凡、顾馨、徐敏霞点校:《茶香室丛钞》，中华书局 1995 年版。

王利器辑录:《历代笑话集》，上海古典文学出版社 1956 年版。

杜甫著，萧涤非主编:《杜甫全集校注》，人民文学出版社 2014 年版。

陆游著，钱仲联校注:《剑南诗稿校注》，上海古籍出版社 1985 年版。

段安节:《乐府杂录》，《丛书集成初编》，上海商务印书馆 1936 年版。

郭茂倩:《乐府诗集》，中华书局 1979 年版。

杨慎编著，张三异增订，张仲璜注:《二十一史弹词注》，中华书局 1938 年版。

二、专著

阿英:《晚清小说史》，人民文学出版社 1980 年版。

陈独秀:《独秀文存·论文（上）》，首都经济贸易大学出版 2018 年版。

陈汝衡:《说书小史》，上海中华书局 1936 年版。

丁锡根编著:《中国历代小说序跋集》，人民文学出版社 1996

年版。

冯友兰:《中国哲学史(下册)》,商务印书馆2011年版。

赫胥黎著,严复译:《天演论》,贵州教育出版社2014年版。

胡士莹:《话本小说概论》,商务印书馆2017年版。

胡适:《胡适古典文学研究论集》,上海古籍出版社1988年版。

胡适著,李小龙编:《中国旧小说考证》,商务印书馆2014年版。

华盛顿·欧文著,林纾、魏易译:《拊掌录》,商务印书馆1981年版。

黄霖编著:《历代小说话》,凤凰出版社2018年版。

李辰冬编著:《红楼梦研究》,正中书局1946年版。

李汉秋编著:《儒林外史研究资料集成》,上海古籍出版社2017年版。

李小龙:《中国古典小说回目研究》,北京大学出版社2012年版。

梁启超:《中国历史研究法》,东方出版社2012年版。

鲁迅:《中国小说史略》,《鲁迅全集》第九卷,人民出版社2005年版。

罗新璋、陈应年编:《翻译论集》(修订本),商务印书馆2009年版。

本次整理征引文献

容肇祖:《容肇祖全集》,齐鲁书社2013年版。

萨孟武:《〈水浒传〉与中国社会》,北京出版社2005年版。

孙楷第:《中国通俗小说书目(外二种)》,中华书局2012年版。

俞平伯:《俞平伯论红楼梦》,上海古籍出版社、三联书店(香港)有限公司1988年版。

俞平伯:《俞平伯全集》第三卷,花山文艺出版社1997年版。

张世禄:《中国文艺变迁论》,上海中华书局1933年版。

郑振铎:《中国俗文学史》,朝华出版社2017年版。

郑振铎:《中国文学研究(下)》,《郑振铎全集》第五卷,花山文艺出版社1998年版。

朱一玄、刘毓忱编:《水浒传资料汇编》,百花文艺出版社1981年版。